玉兰镇上，有我家的土房子……

玉兰镇上

张振钛　著

清华大学出版社
北京交通大学出版社
·北京·

图书在版编目（CIP）数据

玉兰镇上 / 张振钛著. —北京：北京交通大学出版社：清华大学出版社，2019.4（2019.6 重印）
ISBN 978-7-5121-3851-3

Ⅰ．① 玉…　Ⅱ．① 张…　Ⅲ．① 长篇小说-中国-当代　Ⅳ．① I247.5

中国版本图书馆 CIP 数据核字（2019）第 041105 号

玉兰镇上
YULAN ZHEN SHANG

总策划：高振宇　责任编辑：叶　霖
出版发行：清华大学出版社　邮编：100084　电话：010-62776969
　　　　　http://www.tup.com.cn
　　　　　北京交通大学出版社　邮编：100044　电话：010-51686414
　　　　　http://www.bjtup.com.cn
印 刷 者：艺堂印刷（天津）有限公司
经　　销：全国新华书店
开　　本：145 mm×210 mm　印张：8　字数：258 千字
版　　次：2019 年 4 月第 1 版　2019 年 6 月第 2 次印刷
书　　号：ISBN 978-7-5121-3851-3/I・61
定　　价：68.00 元

本书如有质量问题，请向北京交通大学出版社质监组反映。
投诉电话：010-51686043，51686008；E-mail：press@bjtu.edu.cn。

序

长大以后，或许我们每个人心里都有一个这样的地方。时光荏苒，童年不复，我们看不见、回不去，而它却总在我们的心里盘根错节地存在着，千丝万缕地萦绕着，一触碰便激起千层浪来——逝去的地方承载了无尽的怀念，是以称之为故乡。

若揣测作者写作此书的初心，怕也是因为他心里有种情愫常常喷薄而出极难平复，涌动不能自持，魂牵梦萦，才在多少个不眠的夜里，挑灯记录、织梦。那酣畅淋漓的痛快、奋笔疾书的专注及纯粹美好的回忆所创作出的《玉兰镇上》无疑饱含了热切的情感，却极尽淳朴，自然动人，像一首悠扬的歌，长久地回荡在哈思山的上空、在凤鸣湾的草甸，也在每个和我一样有幸稍早一些读到《玉兰镇上》的读者的心里。

玉兰镇、哈思山、凤鸣湾、眼泉、腹泉、尾泉、黑骡子、花猪和羊、大白猫和麻雀、燕子、香水梨树及太太①，组成了茂平的整个童年。童年终将逝去，我们终将长大。所有的人、家畜、飞禽和草木走的走、散的散，那些逝去了的远远地高高地悬在天空之上。若用一支笔把它们仔细地连接起来，应该可以绘出一幅玉兰花图，温暖美好、清新隽永。关于玉兰镇的种种记忆，便如同那浩瀚宇宙里的颗颗星辰，曾经实实在在地出现过、涌动过，而

---

① 太太：当地方言，曾祖母之意。

后静静地待在那里，又随着茂平离开玉兰镇后所遇到人、事的不同，衍生为不同的记忆，这些星辰时而清晰时而模糊，时而明亮时而黯然，但无论怎样，它们始终就在那里，照亮了茂平以后的人生，不离不弃。这是玉兰镇留给茂平的精神烙印。同理，也是故乡给我们每个人的印记，是我们每个人在脆弱、彷徨、无助、迷茫的时候，每每想起来，可以寻得力量继续出发的动力所在。

看过书里的描述，玉兰镇的格局便在脑海里自动搭建起来，远处的哈思山、滚滚东逝的黄河及贯穿整个村庄的大路和小路都会以自然的节奏流动，而所有的片段也都生动鲜活起来。

这一头，太太的园子里有吃不完的瓜果蔬菜，摘不完的花儿，洋溢着满满的清新的土苍味儿。太太仿佛一直都在那里忙活着，用自己的衣角兜着满兜的好吃的，宽大的衣服小小的脚，发髻是挽着的，挂着她的藤条拐棍儿，笑眯眯地看着茂娃儿。而茂娃儿也总是喜欢围着太太，听太太讲故事，茂娃儿喜欢把外面发生的事情告诉太太，听她咯咯地笑，然后和她一起咯咯地笑成一团。茂娃儿和太太在一起，有好吃的，有人说话，便觉得日子是甜甜的，是闪光的。

那一头，茂娃儿正和黑骡子待在一起，茂娃儿只有黑骡子的腿那么高，一抬头正好可以和黑骡子乌黑明亮的眼睛撞个正着。茂娃儿带黑骡子去腹泉喝水。黑骡子喝水吃草，茂娃儿吃小野果，玩"推磨驴"和"铁老鼠"，他们都沉浸在自己的世界里，日子便像夕阳下的金色沙滩，凝固着，静止着，平滑美好。但仔细一瞧，沙滩上的沙粒却争先恐后地折射出绚烂各异的光来，颜色丰富和善变，竟无法具体命名。这实在像极了我们的人生，一日三餐三点一线看似平淡无奇、寡淡如水，但若以敏锐之心细细体味，总能寻到喜怒哀乐之林林、悲欢离合之总总。等到夕阳把天染得红透红透时，茂娃儿拉着黑骡子回家，黑骡子眼里折射出夕阳的余晖，金色的光芒煞是好看，那或许是太阳的恋恋不舍。茂娃儿把母亲做好的稀饭喂给黑骡子吃，黑骡子如同茂娃儿的朋友、家人一般。茂娃儿待黑骡子好，茂娃儿的母亲也待黑骡子极为宝贝。而后来黑骡子的腿折了，然后离开了，只留了空空的骡子圈和食槽上厚厚的尘土。

　　玉兰镇上，有茂平的童年。那些陪伴着他长大的玩伴，给了他无穷无尽的最为宝贵的乐趣；有太太，有母亲，那是茂平的精神眷恋，正是她们坚韧不拔、宽容温厚、温顺善良的品格，如水绵长、如山沉稳的爱，让茂平得以成长、得以前行。未来总是未知，但若有爱，便仿佛秉持着不灭的烛光，足以在未知的黑暗里勇敢前行，无所畏惧。当然，玉兰镇上，也有因为关于生计无奈、利益算计的种种故事，有利欲熏心的胡天赐，有投机倒把的陈六子，也有欺软怕硬的苟二升。会钻营的大多有权有势、圈地揽钱，但苍天所赐的最后大多也被没收了，长久不得，安生不了。像陈六子这样爱折腾的，看似轰轰烈烈，风光无限，但若没了权势，便是个空壳子，是抬不起头来东窜西跳的跳蚤吧？实在可怜得很。玉兰镇上大多还是普普通通过日子的人，为了孩子读书、家人治病愿意拿命换钱，踏实安生地出血汗卖劳力的人，尽管日子过得苦一些，但心里总是安生的。一家人围坐在一起便是快乐的、知足的。玉兰镇上更有很多可爱的人，有像山丹花一样可爱的惠老师；有历经坎坷却仍然坚忍求生并致力于教书育人的张雷先生，终其一生以赤子之心延续光明。我想这些大抵才是玉兰镇上最美的部分。也正是因为这样的精神，才让作者心目中的玉兰古树欣欣向荣，其魂永存。是的，这世界上的所有，不管是家畜、飞禽、人也好，草木、村镇、山谷河流也罢，其形都会流于虚无，得以延续的，是其气其神，是春风过境，那比昨年更馥郁的香气和比昨年更完满的姿态。

也许，在作者的梦里，野草莓是漫山的，山丹花是遍野的，所有的一切永远明丽美好，满眼绿意……

而在我的梦里，抹不去的是儿时家里窗户外的那条河，是河的北岸绵亘起伏的山，是山上的九层塔。一日日，太阳都从这里徐徐地落到山后。而我就站在那里，端着我的饭碗，眺望着，等待着太阳彻底地落下，等待着星星一颗颗亮起。

我们每个人的故乡，一直都在梦里，从未远离……

张　睿

2018 年 11 月 18 日于北京

作者简介

张睿，一九八六年十二月生，重庆人。从事桥梁设计软件销售与管理。

一个努力知世故而不世故的人，一个追求活出理想和诗意的人，一个孩子气的大人。

自　序

　　大河出雪原，飘飘若裙带；河滨有一隅，渺如小绿螺；三泉西北流，雄山东南屏。此隅阳春时，草木群类，无不成荫。其泉之侧，生玉兰神树，四季代谢，枯荣自如；数千飞鸟栖息和鸣。

　　泉之旁，土屋兀起，人与家畜飞禽齐聚，相依相伴，院落满盈盈。院内最长者，曾祖母，良善勤劳孤寂，吻我爱我伴我，善终时，躯与爱齐埋于黄土垄中，似风尘忽落；追忆千千遍，翩翩伤我心。长生天，恩赐兽与禽，逍遥在丹霞云川，自在于晨风北林；恍惚间，欢会再难逢，形影忽飘零。狼谷内，斑豹疾如风，虽张牙狂顾，终败于冲天豪气前；追忆于高台，悲风多凛凛。五谷生于厚土，人得其而生，血汗浸满土地，得嘉种良壤；经年后，劳作再难有，长忆拭汗襟。欲壑难填，圈地揽钱，或得名利，或跌深渊，为天不容，为地不莹。矿井内，农人以命换钱，井上为人，井下作鬼，山野孤坟，暮色冥冥。昔日学堂，曾载起多少梦，今师生风飘蓬飞；百年难能持，悠悠生悲心。

　　雏鸟长成，土屋似卵壳；游子不归，茅草被屋顶。蝉吟越阡陌，音声入我怀；涕泪如垂露，滴滴染愁心。

目　录

第一章

一

　　玉兰镇上，有我家的土房子。

　　我家的土房子坐北朝南，周围是梯田和散落在梯田里的别人家的土房子。雨过天晴时，站在房前的门台上，可以清楚地望见正前方长满松树的哈思①山。哈思山的南边是黄河，黄河边上有处古渡口，起初的名字叫山阴渡，后改名叫乌兰②渡。乌兰渡下游十里处有地名曰索桥，那里原有座横跨黄河的铁索桥，地因桥而得名，没人知道那座桥存在了多少年。后来，桥被河水冲毁，只剩下四根铁柱和四对铁牛。铁柱和铁牛被送到黄河上游的省城，说是要照原样另建一座桥，可不知何由建新桥时铁柱和铁牛没有用上，弃置于河岸。过了些年，铁柱和铁牛随洪水沉入黄河不见了，再后来，人们从黄河里打捞上来一

---

① 哈思：蒙古语，美玉之意。
② 乌兰：蒙古语，红色之意。

根铁柱和一头铁牛。铁柱和铁牛被当作文物，安置在了省博物馆的院子里。索桥现在已没有一点桥的痕迹，只留有几块破损的石碑立在河边的高地上，石碑上镌刻着当年修建索桥时资助者的名字，绝大多数人名被风沙磨蚀得看不清了，只有一块石碑上留有依稀可辨的"大明万历十"的字样。距石碑不远处是一大块平地，有好几个玉兰中学那么大，平地上散落着一些或相互连通或相互独立的由石块围成的长形圈子。那是很久以前的村庄。石头圈是房屋的"石根①"，屋舍被雨打风吹去了，只留下了这些石块。这种石头圈，玉兰镇旁的凤鸣湾里有很多，玉兰人称之为"庄庄圈子"。

土房子后面是秀水墚，秀水墚的后面是古坟湾，我家的祖坟就在那里。古坟湾后面是卧龙湾，由黑虎山把它们隔开，黑虎山得名于山顶上一块风蚀而成的形如虎头的黑色巨石。站在黑虎山山顶上，可以俯视卧龙湾全貌——无数根巨型石柱列阵于一座宽大、曲折的山谷中，那山谷是龙身，石柱便是龙鳞，确如一条卧龙。卧龙湾后来被学者发现为第四系冰川遗迹，新起了"黄河石林"的名字。紧邻着卧龙湾还是黄河，黄河在这里环绕着玉兰镇奔流。黄河那边，仍是绵延不绝的山。山峦之间，一条绵亘不绝的土墚墚延伸到远处，那土墚墚是秦长城。听祖父讲，古坟湾是一处风水宝地，王将军的真墓埋在那里。我查过县志，王将军确有其人，他是康熙年间平三藩的一位将

---

① 石根：当地方言，由石块砌筑而成的高出地面的房屋基础。

4

军，战功卓著，死后传说有七十二处坟冢。王将军的坟像个小山包，背靠黑虎山，前临一条宽大的山谷。每年除夕和清明节，同族的人都要去古坟湾祭祖，要走几十里的山路。

土房子的后墙用黄土打夯而成，以土坯砌筑成房子的山墙和前墙；木制的粗大屋架嵌砌在前墙和后墙内，屋架顶以榫卯铆固纵向大梁，大梁上等距布设两排椽子，椽子后端嵌在后墙墙顶，椽子上密铺细细的劈柴，劈柴上铺一层麦秆，麦秆上再摊抹厚厚的草泥，这些一起拼成了土房子的屋顶；最后在前墙上安装木制的门窗，土房子便建成了。

土房子有个方方正正的院子，院子大门朝东，所谓大门，就是一个篱笆门。每年春天，父亲要用白杨树枝条重新编修一遍。一进大门，靠右侧是厨房，厨房有三间大，门朝西开，谓之东屋。院子的正北向，是正房，正房两侧各是左、右耳房，耳房比正房稍矮一些，耳房各有两间，正房有三间，连在一起共有七间房。东侧耳房的隔壁是骡子圈，西侧耳房旁边是块菜地，那是我太太的菜园子。正对着大门的是羊圈，在羊圈的屋顶下，横着悬吊一根粗粗的木头，晚上，鸡栖息在木头上面，羊卧在地上。大门口南侧院墙之外是我家的猪圈。

正房和东、西耳房后面，是六叔家的果园，果园里的杏树、梨树和苹果树长得没过了屋顶，在我家屋顶上可以摘到六叔家的水果。

院子西侧墙根下是菜园子，菜园子东南角有一棵杏树，它是我和大姐有一年春天从一处庄稼地里移植过来的。杏树长大后，长出了两个大的枝丫。春天时，父亲向玉兰中学对面的强老师家讨了一枝甜核杏树的树枝，将树枝上的胚芽嫁接在我家的杏树上，两根树杈上各三个芽，父亲共嫁接了四个芽，孕爸那天刚好路过我家，他嫁接了一个芽，最后一个芽是我嫁接的，六个树芽都活了下来。菜园子的西南角有一棵香水梨树，它由香梨树嫁接在酸李树上而成，果实叫香水梨，有酸和甜两种口味。农历八月十五后，香水梨成熟，其果皮金黄，果肉脆生，采摘后，放在东耳房的地上，满屋飘香。过数日，果肉发酥，入口即化。东耳房冬天不生火，入冬后，满屋的香水梨冻成一个个冰疙瘩，香水梨的果皮与果肉均变成深褐色，吃之前，将香水梨放入凉水盆内，十几分钟后，香水梨的外皮结一层冰壳，里面的果肉却化成流质状。急性子的人，来不及剥皮，扯开果皮一个小口，将嘴对着小口，轻轻一吸，冰凉的果汁"倏"地入口，只剩下裹着梨皮的果核；慢性子的人则轻轻揭起一点果皮，随之慢慢地揭掉整片果皮，然后就可以慢慢享用果肉了；还可以把剥了皮的香水梨放入水盆内，只要一小会儿，果肉就会化成暗红色的汁水，把汁水倒入玻璃杯，清澈透明，喝一口，醇香冰凉，患感冒的人专找这种汁水来喝。这棵香水梨树是当年大路口高家姑奶奶送给大姐的，那时，它只是一根极不起眼的带着稀疏枝丫的小树枝而已。菜园子西北角西耳房正前方有棵梨树。这棵树长得极快，没几年便开花结果，梨子长得快，而且个头也大，有两个拳头对拼起来般大小，唤名"神不知"。二姐说，这名字是极贴切的，一不留神，它就神不知、鬼不觉地长成大梨了。

西墙外太太的菜地里，紧贴着墙根长出一棵桃树，好几年后的一个春天，桃树开出粉艳艳的花，结出毛毛的桃子，是那种小个的毛桃。个头小，却熟得最慢，比香水梨还成熟得晚。熟了的毛桃呈淡黄的颜色，果皮上的绒毛全部掉光，摘下后用手擦一擦、吹一吹直接吃，其香味醇厚浓烈。

正房西端山墙侧屋檐下，吊着一个草编的筐子，那是山里野鸽子的窝。土房子盖好后，一群野鸽子每日白天在院子上空盘旋，累了就落在房顶上，晚上再飞回山里，这样的状况持续了半月之久，最后有两只鸽子竟落在屋檐下的墙上，住了下来。母亲看鸽子们着实可爱，让父亲编了一个筐子，挂在屋檐的橡子上，两只鸽子便以筐子为家，再后来的鸽子都是它俩的后代。正房的正间屋檐下，有三处燕子巢，起初只有一个巢，后来变成三个，估计也是一家子，只不过分三个屋子住。骡子圈屋角处藏着一个麻雀窝，它是我给骡子拌夜料时发现的，这个秘密只有我和小妹知道。我在正房的屋角用砖搭建成一个小屋，里面垫上棉花，这是给大白猫的窝，可它从来都不住。它是个自由侠，这个院落处处都是它的窝。

大门外是条水渠，水渠边上长着棵高大的白杨树，白杨树上有喜鹊筑的窝，两只喜鹊一年四季守在里面，每年都有小喜鹊孵出来，长大后也不知飞到哪里去了。两只喜鹊年年都要衔来干树枝在旧窝上新垒一层，窝越垒越高，像个塔，好几对麻雀不请自到，在"塔"身上各自钻洞进去，安家落户。喜鹊住在"塔"尖，麻雀住在"塔"身，互不干扰。太太说，喜鹊每年新垒的窝，其"门"的朝向都不尽相同，总是朝着风水最好的方向。

我问太太："咱家大门的朝向咋就不变呢？该像喜鹊窝的'门'变一变才好啊！"

"咱家大门的风水好得很！不然，喜鹊也不会选在咱家大门口垒窝的。"太太这样回答我。

我一直觉得，我家院里的活物们都是结着伴而来的。鸡、鸽子、燕子和麻雀是一起的，大白猫和猪是一起的，骡子和羊是一起的，杏树、梨树和香水梨树是一起的，就像在哈思山的松树林里，松菇、草菇和大白菇是一起的，杜鹃、云雀和喜鹊是一起的，石羊、狐狸和麝鹿是一起的。它们看着像是陌生的，却围聚在一起，彼此之间再熟悉不过了。

二

有一棵古树，名叫玉兰树，长于镇子头^①石崖之下的草地上，石崖缝隙有细水渗出，滋养古树。四季里，数千只反舌鸟栖于树上，每日群鸟归巢时，绕树聒鸣飞旋，如聚盛会。冬日里，寒风凛冽，万物凋零，却见蓓蕾密布于枝条，如群鸟之眼。初春时，风雨中，白色玉兰花纷纷绽放，舒展于枝头，如白蝶

---

① 镇子头：当地方言，镇子入口处的意思。

8

盈盈；吐香清郁，溢于全镇，昼夜不绝。古树高三丈六尺余，树干长约三尺，树冠亭亭如盖，树叶如织，密不透风，阴雨三日，树下仍干。古树侧，有砖砌神龛，供着玉兰树神。玉兰镇之名，源自此树。

祖父说："这玉兰镇一头圆，一头尖，中间大，真是像极了玉兰花瓣。"

我问祖父："爷爷，可我咋看不出花瓣的样子呢？"

"你要上到哈思山的莲花峰顶上才能看清咱这玉兰镇的外形。"祖父手指远处青蓝色的哈思山回答我。

顺着祖父手指的方向远眺，我望见了莲花峰：五座差不多一样高的山峰围成了一圈，真像朵莲花。

"爷爷，去莲花峰的路咋走呢？你带我去吧！"

"那得走三十多里的山路呢！乙卯啊，你太小了，走不了那么远！"

我和祖父年龄相差整整六十岁，都出生在乙卯年，尽管父亲给我起了"茂平"的名字，可祖父一直叫我"乙卯"。

"我能走，我都可以赶垛①了。"我信心满满地回答祖父道。

"傻孩子，你赶垛的路不过是十里路，哪能跟去莲花峰的路比呢？"

祖父真诚地拒绝了我，让我有些无奈和气恼。

我气愤地冲着祖父嚷："你不带我去，我要跟我太太去说！"

---

① 赶垛：当地方言，将收割后的庄稼捆扎成两大捆，用粗绳连在一起，由牲口驮运，人跟在后面，谓之赶垛，两大捆的庄稼捆称之为垛。

祖父笑着看我一眼，终是没答应，多年后我初登莲花峰时，祖父已经去世了。

　　玉兰镇有两条东西向长约十里的主街，一条叫大路，一条叫小路。大路南侧是一条宽宽的洪水沟，名叫沙河，平时干涸，雨季有洪水轰隆隆地奔泻而下。沙河一直通到黄河。大路北侧是农田和房子，再往北，便是小路。两条路在出玉兰镇后合成一条路。玉兰人就住在两条主街周边。其余巷道皆弯弯曲曲地连在这两条主街上。我家土房子所在的巷道叫张家巷，首家是三爷爷家，依次是大伯和三叔家，我家是第四家，与我家相连的是六叔家，与六叔家隔着小路的是风水先生刘叔家。玉兰镇周围全是山，南边是四季常青的哈思山，北部却是光秃秃的秀水墚。关于这奇怪的地貌，放驴的王老汉曾这样给我讲起过：当年杨元帅杨延昭大战辽军时，手下将士不足，设火攻之计大败辽军，放火者，正是大将孟良。孟良有个喷火的宝葫芦，点燃了埋伏有辽军的哈思山，火烧辽军三百里，后来幸亏焦赞将军及时灭了火，否则整个哈思山都要被孟良给烧光了。当年烧毁的现在叫秀水墚，火烧剩下的仍叫哈思山。关于火烧三百里哈思山的故事，我深信不疑：哈思山脚下的葫芦沟里有处断崖，崖壁上有一层积压的黑色木炭，一直延伸到崖边，那是火烧哈思山后剩下的灰烬。玉兰镇上有个传说：在路庄有座寸草不生的石头山，陡崖高耸，岩面如镜，名曰盔甲山，是当年杨家将晒盔甲的地方，山脚下，有一处黄土夯成的古堡，那是穆桂英的娘家穆柯寨。这两个地方，我坐班车去县城高中读书时第一

10

次看到，那盔甲山气势雄伟，穆柯寨却破损荒凉，并非《杨家将》评书所说的那么繁华。

祖父说，玉兰镇是处宝地，源于它有三处甘泉。位于镇子最东边的叫眼泉，这处泉水，水量最大，且甘冽清凉，水质最好。眼泉的东边有个龙王庙，是三间依山而建的土房子，里面供奉着龙王爷。那龙王的塑像个头不大，却狰狞可怕，我一点儿都不喜欢。镇子中部偏东些是第二处泉水，叫腹泉，水量稍小些，却依旧甘甜。我家离腹泉最近，走出张家巷，左拐就到。再往西，便是尾泉，其水量小得多，味道有点咸，镇子上的人大多不去那里挑水，只有牛羊在尾泉饮水。

在这三处泉水中眼泉最有来历。玉兰镇上当初是没有泉水的，居民也少。后来，有位姓刘的妇人带着三个儿子来到了玉兰镇，在镇子东头住下来，当时，那里是一片荒地。刘氏在居所附近发现一处芨芨草长得极为旺盛，判定此处必有泉流渗出。芨芨草在玉兰镇很常见，长着细长的叶子和细长的茎，末端抽出羽毛状的花穗子，玉兰人用其长茎搓制绳子，扎制扫把。刘氏唤来三个儿子挖水，开挖不久，果然有水冒出。刘氏知晓挖水之法，让三个儿子顺蓄水砂层朝上游探挖，边挖边用胶泥泥坯砌成暗渠，将沿途水源汇入，遇到蓄水层埋置深的地方，或打竖井或打斜井进入蓄水层，暗挖隧洞汇水。在刘氏的感召下，全镇青壮年劳力都来挖水，一直将汇流暗渠挖至哈思山脚下葫芦沟的泉眼处，这种引水之法和新疆吐鲁番地区坎儿井引水工程如出一辙。暗渠所经之处，布设多处竖向井窝子。井窝子设置得很科学，作为暗渠的检查井之用。掘进暗渠时于井口安装轳辘，将砂石吊运出来运走。若暗渠修筑完毕可留作检查井，作为渠道养护维修之用。其周围堆满了运出的砂石，呈窝状，形如蚁穴口，故名井窝子。眼泉修成后，来玉兰镇居住的人越来越多。玉兰人按此法又挖成了腹泉和尾泉，尾泉挖成时，水质优，水量大。很多年后，尾泉水路被洪水冲断，泉流变小，镇子上的黄歪眼儿带了一帮人去修补，他们不懂修补之法，泉流越修越小，并且把甘泉"作"成了咸水泉。

　　镇子最西头，即大路和小路交汇在一起的地方，叫大寺园子。大寺园子是个寺庙的建筑群，主殿是临街的娘娘殿，其身后是一些规模较小的"宫"和"观"，这些"宫""观"由一圈依地势而建的院墙围起来，像是大户人家的院落。县志上记载说大寺园子明朝时就有，名字中的"大寺"指的是临街的娘娘殿：大殿青砖青瓦，有正殿和两处侧殿。正殿里供奉着西王母娘娘，慈祥、聪慧，细眉眼安详地俯视着众生，一副富态的样子。大殿正中位置横摆着一座与殿齐宽的雕塑群，像是个半揭开了的门帘遮掩着西王母，这座雕塑的背景是幅浮塑山水画，山与水之间遍布各样悬塑①的小孩儿，有的骑着青牛吹着短笛，有的藏在石头后面偷偷露出半个脑袋，有的叠摞在一起玩杂技，有一个小童站在石头上撒尿，尿得老高老高的，那尿水竟也浮塑了出来。站立在大殿左侧的是"花儿"娘娘，手捧花篮，

---

　　① 悬塑：当地方言，把木棍的一端插在泥塑人物体内，另一端插在后面的山水浮塑内，与浮塑相连，悬于浮雕上。

里面有各种鲜花，她的头和衣服上也沾满了各色的花儿，说是只要向她许了愿，家里的小孩子便不出"天花"了。站立在大殿右侧的是后土娘娘，她主宰着大地山川，祭拜她能保丰衣足食。立在左侧门后面的送子娘娘是位极美的女神，衣冠华丽，举止优雅，垂下眼微笑着看着怀里的大胖娃娃。送子娘娘的胳膊上系着数不清的红绳子，那是为求子而来的人系在上面的，一根红绳系着一个求子的心愿。立在右侧门后的是位面色惨白的瘦高的老太太，她两腮无肉，发髻高挽，身穿黑衣，腰缠白色布带，肩上搭着"钱叉子①"，"钱叉子"前面的布袋里装着一个露出脑袋啼哭的小孩，后面的布袋里倒装着一个只露出小腿的孩子，她叫偷生娘娘，专偷小孩子的，警示大人要看好自家的小孩子。出了大殿是长长的走廊，廊壁上是些彩绘的画，诸如二十四孝之类的内容，侧殿里供奉着其他娘娘。主殿的后面有"三清观"和"文昌宫"。

大寺园子后来被毁了，只剩下一头铁铸的狮子还留在原址。这狮子本来是一对，另一个应该是被毁掉了。关于大寺园子，我只是听很多大人说起过，他们讲起这个大园子时，无不溢满赞美与怜爱。特别是娘娘殿中的那些悬塑的童子和几位站立的娘娘，见过的人皆赞不绝口，而谈及被拆时皆痛心不已、遗憾不尽！多少稀罕的物件儿！该是花了工匠多少的心血啊！说毁就毁了！

---

① 钱叉子：当地方言，褡裢。

大寺园子的塑像由镇子上王定家的先祖王铭塑成。王铭是位风水先生，本也是懂雕塑的，有一次去外乡给人家看风水，竟三年未回家。到了第三年年末，家里人便把他穿过的衣服和擀面杖放入灶台的灶门里，全家人对着灶门呼唤王铭让他快快回家。连着喊了三天，第三天晚上，王铭竟回家了。原来他不在家的三年里，辗转到敦煌做塑像去了。返乡后，王铭带着几个徒弟完成了大寺园子的所有塑像。

　　大寺园子旁边有条南北向的宽土路，和镇子的大路十字交叉，如条丝带般向远方蔓延而去，这是条古丝绸路，名叫哈思街。哈思街周围有几处残存的土夯城墙。很久以前，这条街穿城而过，必是繁华热闹的，现今却冷清荒凉。祖父说，在这条路上可以捡到麻钱儿[①]。去枣庄的姥姥家要穿过这条路，我去姥姥家只要路过哈思街，总会在这条古道上滞留寻觅好久，希望能捡到几枚麻钱儿，却从来不曾遇见过。但玉兰学校旁的尤瘸子却财运亨通，在黄土台他家羊圈附近发现过窖藏麻钱儿。

　　黄土台距玉兰镇有十多里路，那里有一股细细的泉水渗出，很早很早以前就有人居住，后来人们陆续搬到了玉兰镇，黄土台渐渐荒芜，只有几家放羊的人在那里修了几处羊圈，夏秋两季放牧时暂住。尤瘸子家世代放羊，他家的羊圈建在一处山梁的半坡上，山梁下面就是长长的哈思街。有一年夏天，尤瘸子和他媳妇儿放羊经过一个小山包。羊群过后，尤瘸子媳妇

---

　　① 麻钱儿：当地方言，铜钱。

儿发现了几枚麻钱儿，捡起来后并没在意，可脚下麻钱儿越来越多。两人便在麻钱儿最多的地方用羊鞭杆挖起来，很快，羊鞭杆碰到了硬硬的东西，原来是一个大瓷坛子，坛子里全是麻钱儿，据说发现了好几坛子。两人欣喜若狂后并未声张，尤瘸子的媳妇儿悄悄赶回玉兰镇套好①他家的毛驴来黄土台，尤瘸子守着那几坛麻钱儿，夜幕降临后，驴驮人背，整整三趟才运完，运最后一趟时驴子都压得卧轿②了。那时天已经亮了，镇子上有人看到后便问驮什么东西这么重，把驴子都累得卧轿了，尤瘸子和他媳妇儿支支吾吾地搪塞说是驮羊粪，可驴子卧地时掉落的几枚铜钱揭穿了他俩的谎言。在村民的盘问下，尤瘸子说了实话，他家挖到宝贝的消息也不胫而走，整个玉兰镇都沸腾了！村民都争着赶往他家去看宝贝！起初，尤瘸子还拿出麻钱儿让大家看，后来便锁在他家的柜子里不让再看了，说是运到他家县城里的亲戚家了。

"他家几辈子穷得叮当响，县城哪有什么亲戚？"

"真是财不外露呀！咱也就是看看，还能看少了他家的宝贝？"

"也别这么说，这事搁你家你也一样的。"

"怪不得他家的毛驴今年生了双驹子呢，这老话讲得一点不假：'马下双驹有人骑，驴下双驹驮金银。'他家真是该发大财的！"

"真让人眼热！驴下了双羔子，捡了几坛麻钱子。"

---

① 套好：当地方言，给牲口备好鞍子，驮东西用。

② 卧轿：当地方言，牲口驮东西太重时，累得走不动路，卧倒在地上。

"听他嫂子说，麻钱儿前天夜里偷偷卖给了几个从宁夏来的人，得了足足一万元！"

"真是飞来的横财啊！"

"公安怎么不抓呢？怕是要判刑坐牢的。"

天上掉馅儿饼了，正砸在尤瘸子的脑袋上，镇子里的人唏嘘不已，百感交集，只怨那几坛子麻钱儿没撞在自己的脚底下。

父亲是玉兰中学的老师，他和刘爷爷专门去尤瘸子家看过。刘爷爷的名字叫刘永辉，是二十世纪五十年代末省城师范大学的学生，赶上自然灾害，城里严重缺粮，很多市民和学生返回了农村老家，刘永辉也返回玉兰镇老家，再也没回到学校继续学业，玉兰中学成立后，刘爷爷任玉兰中学校长。

"尤瘸子拿出所有类型的麻钱儿让你刘爷爷看，因为是埋在坛子里面，上面的字迹基本是可以辨认得清的，写着'乾元重宝、开元通宝、熙宁通宝、天圣元宝、康定元宝'等好多字样，最有意思的是一种像大短裤一样的钱币。你刘爷爷说这是最珍贵的，是秦朝以前的赵国钱币。"父亲于是继续讲述他和刘爷爷的所见，"你刘爷爷说，这些钱币应该是秦朝初期到宋朝期间的，自古以来，钱币都是人们身份和财富的象征，估计这处窖藏是宋朝的一位富人因为某种原因埋在黄土台的。而这黄土台的确是个历史久远的地方，史书上是有记载的。"

在黄土台附近，人们耕地时经常能挖出一些白色或彩色的陶罐，称之为"鞑子罐"，一些外地人经常来玉兰镇收购"鞑子罐"。刘爷爷说，"鞑子罐"的命名其实是错误的，"鞑子"

是史书上所说的"元鞑子"，是明朝时汉族人对蒙古人的称呼，但黄土台的"鞑子罐"跟元朝蒙古人没有任何联系，它是"马家窑文化"时期的遗物，省博物院就有出土于玉兰镇的一个彩陶罐，和"鞑子罐"是一样的物件。

尤瘸子家的麻钱儿卖掉后，有个北京人寻到了玉兰镇来收麻钱儿，听说已经卖掉了，告诉尤瘸子说那么多麻钱儿至少值十万元呢！特别是那种外形像裤衩的钱币，到了香港，价格会更高！刘爷爷的月工资是一百二十七元五角钱，当时已经是学校里最高的了。

北京人离开不久，尤瘸子媳妇儿就像变了一个人似的：从不洗脸，更不洗头，穿着双旧旧的油污污的黄球鞋整天在大路上转悠，有人从她身边过去，她便张开双手比画成一个裤衩的形状，向人炫耀："我家的裤衩钱值好几万呢！"

而尤瘸子走路比以前更瘸了，极少再讲话，一有空就用羊鞭子抽打媳妇儿。

三

玉兰镇上，有六座水磨坊、十座碾坊和十座油坊，它们一直用到了土地下放①后。

父亲说，建造水磨是个技术活。首先是打马巷②：在低洼

① 土地下放：农村实行土地承包制。
② 马巷：当地方言，水车的支撑墙体。

17

处垂直开挖深九尺，宽两丈五的坑道，坑道出口朝向地势低处，顺接下游水渠；坑底铺砌片石，三侧坑壁干砌[①]片石，壁厚一丈；片石壁出地面后止，马巷顶放置水车横轴，至此，马巷筑毕，其纵向长两丈，横向净宽五尺。其次做水车：以马巷为支撑，搭木架现制水车，水车径长一丈四，厚二尺；装竖向齿轮于水车横轴上，水磨立轴经其底部水平齿轮与水车竖向齿轮相连。再做水磨地板和面台子：于马巷外侧筑墙，高出水车顶约二尺，以墙顶作为支撑，架设厚木板做水磨磨坊地板之用，于水磨立轴与地板交叉处凿孔，使立轴穿孔而过，以立轴通过处为圆心，用木料做圆形平台，径长七尺，固于地板，谓之面台子。接着装磨盘：磨盘径长五尺，厚八寸，由石匠预先凿制而成，用马车运至场地，磨盘分上、下盘，上盘底面和下盘顶面中心处各凿出同一尺寸的圆形石坑，上盘石坑坑壁贴环形铁皮，以磨棋[②]连接上、下磨盘，上盘顶凿一大一小两个孔洞作为粮食的进口之用，于下盘底面中心处凿一方形石坑，做嵌固水磨立轴之用；将下盘以其底面石坑为嵌固点，嵌固于水磨立轴顶端，如此，下盘固于立轴顶端，上盘以磨棋为连接轴与下盘连接，下盘与面台子间距约二尺。最后，建磨坊，固定上盘：以马巷外侧墙为基础，建屋蔽磨，磨坊建成后，沿面台子四周设四木柱，其顶固于磨坊顶，其底支于磨坊地板，上盘边缘处

---

① 干砌：工程术语，直接用片石互相咬合码砌，不用任何胶结料。

② 磨棋：当地方言，木轴，上端插入上盘底面石坑，上盘可绕轴自由转动，下端嵌固于下盘顶面石坑。

均匀等距分布四个小孔，穿绳分别系在木柱上，做固定上盘用。五步毕，磨坊建成。

筑渠引水，水击水车，车转立轴转，立轴驱下盘转，上盘固定不转，此为水磨工作原理。

关于水磨，父亲给我讲了很多次，我一直听不厌烦。每次讲完，父亲总要附上一句："这水磨，只用了些石头和木头就建成了，真是个精巧的物件！"

母亲说，玉兰镇在有水磨前，几乎每家都有一个旱磨。旱磨和水磨一样，有上、下两个磨盘，中间用磨棋相连；下盘固定于磨台上，沿上盘顶面径向两端处，于其边缘凿象鼻孔，孔洞出侧壁，穿绳入孔，做牵引之用。由两人各自牵拉着绳子拉动上盘转动来磨面。我没有见过旱磨，只是听母亲这样说过。

与建水磨坊比较，建造碾坊要容易得多：以土坯、草泥浆为材，砌一圆形台基，直径五六尺，厚三尺，平台之上，放置同直径、厚约一尺五寸的中心有孔的石制圆盘，谓之碾台；台心立木轴，名作碾芯，穿碾杆①过碾磙②心，于碾芯和碾杆交叉处，穿碾勾③过碾杆预留圆孔，使其勾套住碾芯，靠畜力或人力拉碾杆另一端，牵引碾磙绕碾台转动。有的碾坊建屋遮蔽，有的直接建在室外。

磨坊的旁边通常有油坊相随，因为油籽要经水磨磨碎成半

① 碾杆：穿过碾磙的圆木。
② 碾磙：凿制而成的大块圆桶状石块。
③ 碾勾：木制的耳形弯勾。

乳状物后才能榨油，二者距离近了方便榨油，油坊像是碾坊的附件，其构造却不简单。先打油坑：自地面垂直开挖深五尺、宽六尺、横长一丈五的坑道，坑底及坑壁以片石干砌，坑道内置一长、宽皆二尺，高五尺的凿制石柱名作油砧，油砧旁置油桶，油桶侧坑壁处砌台阶，供人进入油坑用。次制油梁：以粗圆木为料，截长两丈许，大头端底部刨平，两端各凿孔一处，为穿吊绳之用，于距油梁大头端四尺处以卯榫固定一方木，长、宽二尺五，厚八寸，以方木为支点，置油梁于油砧上。再建油屋：屋长四丈，宽两丈，高近一丈，屋梁上对应油梁两端预留孔处设定滑轮，作悬吊油梁之用。屋内备方木及石墩若干，屋顶对应油梁大头端处砌筑实体大土墩。榨油时，先将吊绳穿过油梁端部圆孔，系于端部，再将吊绳绕过屋梁处的定滑轮，吊起油梁，置油包①于油砧上，落下油梁，支于油包，于油梁大头端码砌方木至屋面底，再于油梁小头端悬以石墩，如此，油包处压力增加，包内油榨出。

磨面相较于榨油其过程要烦琐些。

水磨未工作时，渠道内水流未经水车从其侧面的渠道直接流入下游，需要磨面时，将磨坊渠首的水流引入水车即可，此时的水磨仍是未转动的，在上磨盘喂粮口处用簸箕堆放小麦，稍用力扭动上盘系于木柱上的绳子，上、下盘间阻力减小，下转盘开始转动，水磨开始磨面。

---

① 油包：当地方言，水浸泡干芨芨草后，其韧性增强，然后包裹磨碎的糊状油籽所形成的油草包。

随着下磨盘的转动，麦粒顺喂粮口进入上、下磨盘间的缝隙，麦粒被磨碎，从上、下磨盘外侧的缝隙间落下，落在面台子上，磨面人用手把落下的颗粒扫进簸箕，收集成堆。第一轮的磨面称之为"拉砧子"，在这一过程中麦仁与麸皮未分离，只是将麦粒磨碎成瓣状碎粒，将"拉砧子"而成的颗粒重新放在喂粮口，继续碾磨，二次碾磨后，麦仁与麸皮分离，麦仁被磨碎，将二者的混合物放入细箩①内，细箩置于矩形木制面柜上的两根木条轨道上来回筛，面粉落入面柜内，麸皮留于细箩中，将麸皮继续加入喂粮口重新碾磨，循环四次后，第一轮磨面完成。磨面过程简单明了，但所磨面粉的品质全凭入料速度和筛箩精度控制。入料太多，碾磨不完全，出面粉率低；入料太少，磨盘空转，磨盘磨损大。为控制入料量，通常把几根剥皮后的杨树枝一端砸劈后插入喂粮口，插入的树枝越多，入料量越少，反之亦然。每次筛箩筛到什么程度，都是根据经验把握的。

碾米比磨面的过程要简单得多：将谷（糜）子均匀摊铺在碾台上，套上牲口，拉动碾磙绕碾台转动，粮食经碾磙碾压后，用笤帚将其扫入簸箕进行簸吹，将糠皮簸出，留下米粒。这样的流程循环三次，碾米结束。拉碾子的牲口，须套上嘴笼头，防止它们抢吃碾台上的粮食。

每年正月里闹社火时，人们都要在坊前泉边烧香敬酒祭拜，舞狮舞龙，打鞭鼓。

---

① 细箩：供筛粉状物质或过滤流质的器具，底部比筛子细，底部用绢或铁丝、铜丝等材料做成。

我问王老汉："这里又不是庙，咋还要烧香呢？"

"这些地方可是咱玉兰镇的命门，都由各路神仙掌管着呢！管磨坊、碾坊和油坊的是谷神，管泉水的是水神，他们一年三百六十五天都不上天的，日日夜夜守在这里！"

我听完王老汉的解释，一下子觉得这些地方神圣了起来，以至于很长一段时间晚上经过时，心里莫名其妙地害怕。

"这舞狮舞龙是各地都有的，可这鞭鼓，就咱玉兰镇上才有！这打鞭鼓是杨六郎当年独创的军阵呢！"

王老汉年轻时在社火队里是有名的干将，关于打鞭鼓，他知晓其渊源。

杨六郎有一次与辽军在玉兰镇的黄土台相遇，宋军只有几千人，而辽军有好几万人，形势对宋军极为不利。杨六郎苦思退敌之策多日，未有良策，只能高挂免战牌。一日，杨六郎与大将孟良等在帐内议事，大风忽起，军旗猎猎作响，漫天的黄沙铺天盖地而来，犹如千军万马齐奔腾！杨六郎忽然有了退敌之策，他命人去掉水桶底，两端粘上羊皮，制成大鼓，鼓身设有手环和鼓带，便于手持和背跨。一日，又起大风，杨六郎令将士斜跨大鼓在肩，手持马鞭，列阵于黄土台上。再令将士一手举起大鼓于头顶之上，一手持马鞭抽击大鼓，一时间，鼓声震天，黄土飞扬，辽军以为来了千军万马，吓得溃败而逃。

打鞭鼓很有讲究：二十四名壮汉，反穿羊皮袄，腰系红绸，斜跨鞭鼓，垂于膝下，两手各持一鞭[①]，分两队相对而列，此为"列阵"；队长大喊一声"起"，众人抬腿将鞭鼓骑于胯下，持鞭击鼓三次，谓之"上马"，两腿左右交叉三次，那鼓一直持在胯下，每交叉一次，击鼓三次；右手交鞭给左手，持鼓环，身形侧倾，转身一周，左手以双鞭击鼓三次，谓之"侧马"，连续转身三次，击鼓九次；"侧马"后，右手紧握鼓环，身形扭转，借转势抛持鞭鼓于头顶，左手持双鞭击鼓三次，如此循环三次，谓之"立马"！这是打鞭鼓最精彩的地方，最见汉子的气力和技术！"立马"结束后，继续"上马"三次，队形变换，两队相向而行，间隔交叉为一队，谓之"一字长蛇"；队形继续变换，队伍合成一圈，谓之"千军合围"。

依着王老汉的说法，打鞭鼓有"闪""展""腾""挪""翻""转""跳""跃"八大步，"高鼓""中鼓""低鼓"三大打。阵法就更多了，有"一字长蛇阵""二龙出水阵""天地三才阵""四门兜底阵""五虎群羊阵"等十大阵法。听王老汉讲打鞭鼓，堪比听祖父说《薛刚反唐》。

王老汉小时候随父母逃荒到玉兰镇，父母饿死了，于是他成了孤儿，靠吃百家饭长大。农忙时他帮人家种地收拾庄稼，农闲时帮人家放羊放驴，正月里闹社火时，帮社火队扎龙、做狮子，慢慢地成了社火队的梁柱子，舞龙舞狮打鞭鼓，没有他不精通的，关于玉兰镇的事儿，没有他不知道的。后来，他娶

---

① 鞭：当地方言，细长的去皮藤条，韧性好。

了镇上的陈寡妇，生了三个儿子，大儿子和二儿子已经结婚了，大儿子在家务农，二儿子在矿上挖煤，小儿子栓柱上小学五年级，和我大姐一个班，可年龄比我大姐要大好几岁，小儿子是最不喜欢上学的，每个年级至少都要留一级，王老汉对此也从不强求。

栓柱五年级前半学期结束时不愿上学了，离开学校的那个冬天，他挥动教室后面的铁锹，把教室里火炉的炉筒子打坏了好几节后扬长而去，这事是我大姐告诉我的。

第二章

一

我出生那年，太太八十岁了。

祖父说，太太是清朝人，戊戌年出生的。

太太的衣食起居归我家管，她有自己的两分自留地——菜地。菜地与我家的西院墙相连，这块菜地种什么菜，什么时候种，太太都是有计划的。这块菜地除了春秋两季翻地、施肥和浇水的活归父亲做外，其余都是太太一人料理。地埂上长满带刺的玫瑰，算是菜地的围墙。地里面有几棵大丽花，每年都开又大又艳的花，年年都有人向太太讨要大丽花新长的根茎。地的西南角有棵香椿树，长得很高很高。

这块菜地的春夏季是极热闹的！各样的蜂儿、蝴蝶、蚂蚱和甲壳虫都在里面欢快地闹！蜂儿什么样儿的都有，大的狗头蜂足足有大人的大拇指那么大，黑脑袋，身上是黑、黄、白三色绒毛条纹，我一直觉得它该算是蜂中的老虎，飞起来"嗡嗡嗡"的声

27

音煞是霸气！小的蜂儿有麦粒大，机灵得很。

从清明节的香椿芽儿能炒着吃时，太太就整天待在地里。

新翻好的春天的土地里，洋溢着浓烈的泥土香气，太太把这种味道叫作土苍味儿。"庄稼香百味，不及土苍味。"这是她常说的话。太太拿着锄头，倒退着拉垄垄^①，边拉边把地里的小石块挑出来，抛扔在地头。太太扔石子的功夫很深，总能准准地扔在地埂边，一点都不会偏！我也试着扔，可每次都扔偏。我提着小筐，跟在她左右把捡到的石头放在筐里面，到地头时再倒出来。拉垄垄结束时，再把倒在地头的石头收集到筐里，拎出去倒在旁边的水渠里。我是没有耐性的，把筐撂在一边，抬头望着太太，发愁地问："太太，还有这么多地没有拉，啥时候才能干完呢？"

"'眼睛是个怕怕，手手是个夜叉^②'。咱农民人还能怕地多吗？我茂娃儿累了，旁边地头有我衣服，你在上面躺会儿。"

地头边有个简易的草棚子，由太太和我动手搭建而成，地上铺着厚厚的麦秆，上面放着她的黑色夹衣。我没有进草棚子里面，却在旁边发现了一个"退退牛"的洞。"退退牛"是一种奇特的虫子，专找松松的沙土用尖尖的屁股倒退着往里钻，留下一个漏斗状的小窝窝。我用手一铲，铲起一把土，放在一边，再用手指轻轻地拨开，很快就找到了那只土黄色的"退退牛"。另找一处松的沙土，把"退退牛"放在沙土上，看它迅

---

① 拉垄垄：当地方言，用锄头在地里拉出浅浅的小沟，在沟内播撒菜籽。

② 夜叉：当地方言，一种神兽，蹄爪行动极为利索，农民引喻为人干活麻利。

28

速地用尖屁股钻进，旁边的土漏进小洞，很快地，沙土盖住了钻进土里的"退退牛"，又形成了一个新的"小沙漏"，而随着它越钻越深入，中心沙土随之下陷，"沙漏"越来越大，我继续用手铲起整个"沙漏"，重新开始刚才的游戏。

春天里，所有的植物都在苏醒，扎根在土地里的苦苦菜、灰灰菜、"铁链子"、"羊耳朵"……都抢着冒出脑袋，张望着，呼吸着，伸展着。我在它们中间发现"冰冰吊儿"的嫩叶，鹅黄的叶儿，上面长满了细细的绒毛，羞羞地藏在草丛里。我找到一块有棱角的石头，小心翼翼地挖掉周边的土，不一会儿，又白又嫩的"冰冰吊儿"露了出来，像多层的葫芦，有拇指般大小，其口感脆生，味道甘甜，这些块茎类的果实一大串一大串地长在一起，我足足挖了一大捧。我兴奋极了，捧着这些意外的收获，冲到了太太跟前，大声嚷道："太太，'冰冰吊儿'！足有一捧呢！"

"啧啧啧！真不少呢！"

太太很高兴，拿起一个"冰冰吊儿"，端详着，欣赏着。

"长得又白又嫩的，我还从没见过长这么大的呢！"太太继续赞叹道。

"你接着去找吧，再挖它一捧！"太太鼓励我。

我却再没了好运气，一个也没找到。

太阳是极亮的，我刚一抬头，便被它的光芒刺得低下了头。大白猫闲闲懒懒地从墙根下走过，我"喵喵"地叫了几声，它没理我，估计是吃饱了肚子。燕子不知什么时候飞回来了，落在屋檐下、电线上"啾啾啾"地叫着。它们是从南方飞回来的，可我不知道那么远的路，它们是怎么找回家的，又为什么单单飞到了我家筑巢呢？它们一点都不像麻雀那般怕人。鸽子一年四季都在家里，总能听见它们"咕咕咕"的叫声，好像喉咙里面一直卡着什么东西，玉兰中学的小谢老师对我家的这群野鸽子很是困惑：这山里的野鸽子怎么会选择居家呢？我一点也不觉得有什么难理解的，燕子能在家里住，鸽子咋就不能呢？我曾经给小谢老师解释过很多次，可他却是一脸听不懂的样子。

"茂娃儿，你到棚子里把水拿来。"太太在喊我，她渴了。

我从棚子里找出水壶，跑到太太身边，拧开盖子，递给她。太太的脸上满是热气，接过水壶，咕咚咕咚大口喝了几下。我看见那水顺着太太的喉咙，一股一股地咽下。

这壶水是我前一天傍晚赶黑骡子去腹泉饮水时带回来的。太太每次拿到水壶时都要先喝一口，总要说上一句："这泉水又冰又甜，都甜到心眼里了！"

二

太太每次看到我总是笑眯眯的，我一直觉得那笑容里带着"啾啾啾"的声音，就像屋檐下的老燕子看到燕儿子[①]时发出的叫声。

---

① 燕儿子：当地方言，雏燕之意。

太太的个子很高，身体康健，在我印象中，她偶尔肚子不舒服时吃点土霉素药片。从我记事起，太太就一直拄着根藤条拐棍儿，但一点儿不驼背。母亲说："咱家老祖宗的拐棍儿就是个摆设！"

每年地里的蔬菜下来时，太太是最忙碌的。

那些茄子、辣椒、豆角、韭菜、蒜薹、葫芦瓜、西红柿……一股脑儿全涌了出来，上午摘，下午摘，今天摘，明天摘，无穷无尽似的，总也摘不完。太太衣服的扣子在左手边，母亲说那是老辈人穿的大襟儿衣服。太太摘菜所用的"菜篮子"便是那大衣襟儿，左手扯起衣襟儿，形成一个布袋儿，只管往里面装摘下的菜，衣襟儿装满了，走到地头，躬下腰，松开手，衣襟儿里的菜便落了下来，堆成一堆。我试着用太太的法子装菜，可我的衣襟儿太小，辣椒从这头进，又从那头出，太太看得大笑起来，是那种抿着嘴的"哼哼哼"的笑！我也冲着太太笑，是张大嘴的"哈哈哈"的笑！

狗头蜂从远处飞来，落在茄子紫色的花上，悬吊着身子吸花蜜，花儿都快要被它压得坠掉了！那是个大家伙！我衣兜里一直备着小玻璃瓶，紧盯着狗头蜂，悄悄地摸了过去，左手拿着瓶子，右手拿着瓶盖儿，靠近蜂儿，两手一左一右慢慢凑近它，双手所持的瓶子和盖子一瞄准，突然猛地一合，它就被活活地装进了瓶子里，茄子花也被折断一起装了进去。瓶子里的蜂儿振动翅膀，"嗡嗡嗡"地叫着，沿瓶壁往上爬。我慢慢地移开瓶盖，露出一个小口，蜂儿顺着瓶口往外爬，等它的脑袋和小半个身子露出来时，我右手的食指顺着瓶盖伸出去，迅速轻轻地压着它的大脑袋，顺势松开瓶盖，慢慢用左手食指换下右手压住蜂儿，蜂儿的屁股露在瓶沿上，藏在屁股里的毒刺还时不时地钻出来。我小心翼翼地把右手大拇指指甲盖贴着毒刺伸到蜂儿的肚子下面，左手轻轻松开瓶子，左手拇指顺势把蜂儿的脑袋压在右手大拇指的指腹，再换成右手食指压住蜂儿头，这样便一手捉住了蜂儿，趁着毒刺来回在指甲盖上刺探时，左手大拇指指甲快速压住露出来的毒刺，紧压在指甲盖上一拉，那毒刺便被我拔了出来，这样蜂儿就可以放心地被捂在手里玩了。

太太看到我像猫一样，知道我又在捉蜂儿玩，担心地冲我喊道："茂娃儿，小心啊！那蜂儿叮人可疼着呢！"

"太太，我拔掉了它的刺，它叮不着我了！"我双手捂着蜂儿，几步蹿到了太太跟前，微微松开手，让太太看手心里的蜂儿。

"可不能再抓蜂儿了，叮着你可咋办！"

我顾不得和太太说话了，心里盘算着一会儿回家找大妹帮忙，拴线在蜂儿的后腿上，扯着线让蜂儿飞，那样玩会有意思得多。

清风在菜地里来回游荡，把地下的潮气、根茎的香味儿和各种蔬菜花的香味儿一起搅和着溢了出来，这是太太的菜地特有的味道。地埂上的玫瑰，浑身都是刺，没人敢招惹它们，于是，它们自由自在地疯长。玫瑰旁边是十几株葫芦瓜，不管那叶子长得是否水灵，花儿却一直是嫩嫩的，我常揪下花，去掉花瓣，吸里面的花蜜吃，吃完后鼻尖上还沾着黄色的花粉。那些花蜜，我只要想吃，总是有的。葫芦瓜旁边，是两垄茄子。紫色的秆儿、紫色的花儿、紫色的叶子和紫色的茄子，一起泛着油油的光芒，它们总是憨憨、傻傻的样子。茄子旁边是一垄西红柿，攀着支架儿，拼命地往高处爬，往旁边延展，霸气十足，它们的脚下几乎没有野草生长，那些藏在叶子下的长得红透了的西红柿才好吃。西红柿旁边是辣椒，它们最费水了，每次太太拎着水桶浇菜，总是第一个浇它们。摘辣椒时，最忌揉眼睛，眼睛沾上辣味儿，又辣又烧，一个劲儿地流眼泪。辣椒旁边是几垄韭菜，在春天里它们第一个冒头，头茬儿胖胖的、嫩嫩的，用来凉拌最好吃。韭菜旁边，或种白菜或种菠菜，一茬菜摘完，另一茬菜又种上了，地一直闲不下来。再旁边，就到我家的西墙根儿了，那里种着八九株扯蔓儿葫芦，顺着墙上的藤架疯长，跟葫芦瓜相比，它们是极懒的，每株只结一两个葫芦，一直到秋天才能成熟，不过那炖葫芦吃起来软软的、沙沙的，太太最喜欢吃，我也喜欢吃。

下雨或浇地前，太太用背斗背粪料倒在地头，再用铁锹把粪料铺在地垄间，这是个费力气的活儿。

太太把背斗立放在粪堆旁的矮墙上，喊我过去："茂娃儿，过来给我扶着背斗。"

下雨前，蜻蜓成群结队地乱飞，我在一根干树枝头抓了只红色蜻蜓，捏着翅膀，用它的脚挠我手背，它的嘴还不时地咬我手背上的汗毛。

"茂娃儿,快来给我扶着背斗。"太太笑眯眯地催促我。

我把蜻蜓凑近肩膀,它牢牢地抓住了我的衣服,松开手,它并没有立即飞走,傻呆呆地立在我的肩头,只一小会儿,红蜻蜓"倏"地飞走了。

我这才扶着背斗,看太太一锹一锹地把粪土装进去,粪土有股霉味,却并不十分难闻。背斗装了一半多点,太太叮嘱我扶稳了,先把背斗的背绳套在自己的肩头,身子略微一侧,后背靠在背斗上,我轻轻地抬了一下背斗,太太稳稳地背了起来,弯着腰,迈着小步,朝菜地走去。

小雨刚刚淋湿地皮,太太走过的地方留下一串小脚印儿——"三寸金莲"的印记。太太的脚还没有小妹的手大,父亲说那叫"裹脚儿"。我不喜欢丑丑的"裹脚儿",它让太太像踩着高跷一样小步小步地杵着脚走路,同时,手臂还得用力左右甩动给脚使劲。我见过太太取下长长的裹脚布泡洗她的小脚:大拇指在脚的正前端,四个拇指被挤在侧面,指尖弯进脚底,脚后跟像个肉疙瘩凸起。我每次见太太洗脚,心总是悬着,怕太太洗脚时不小心把脚弄伤,那双脚丑陋而脆弱,总让我心疼。

太太说,她四岁时就开始裹脚了,脚用麻绳整天捆着,疼得要命,脚是肿的,根本无法走路。在旧社会,女人如果不裹脚是很难嫁人的。

所谓"小脚一双,泪水一缸"。那泪水应是从心里渗出来的吧。而那个最初想方设法让女人缠足的人,内心一定是灰暗而懦弱不堪的。

小脚印儿的后面，是扛着铁锨的我，那铁锨比我还高。

太太的菜地是肥沃的，从春天到秋天。

菜地里的蔬菜摘了一茬又一茬，摘了一篮又一篮，太太让我给张家巷的各家都送一些，送不完的，把茄子、辣椒切成片晒干，把豆角、菠菜阴干，这些干菜，太太基本会全部留给我家。那大大的、圆圆的、金黄色的扯蔓儿葫芦，母亲拦着太太没让她再送人，专留给太太吃。

太太没牙，但这并不妨碍她吃菜。太太的炕上有个老旧的方形炕桌子，桌子中间是个凹下去的方方正正的槽子，槽子里搁着一个简易的小炉子，用四道横向铁圈和三道竖向铁条焊制而成，呈圆柱形，炉子内壁用厚厚的泥巴糊起来。太太在冬天生上火，把一个黑黢黢的小砂锅搁放在火炉上，将做好的菜放在里面炖，炖软了再吃。那锅里的汤，冬天是没有干过的，这汤的主料，是杀猪宰羊时做的大烩菜。太太有个石质的礌窝子①，所用的花椒面、辣椒面、姜面儿等调料都由她用那礌窝子"咚咚咚"地捣制出来，各种调料分开装在空药瓶里面。调料瓶平时放在炕柜里，用时拿出来，用一个银制小勺把调料取出来调进汤里。礌窝子的"肚子"鼓鼓的、亮亮的、光光的。母亲说："咱家老祖宗礌窝子的年龄，比你爷爷的年龄都大！"太太的那个小银勺，后来六叔家盖新房子时用红布包在了主梁里做

---

① 礌窝子：当地方言，类似于捣蒜器的器具。

镇宅用。太太还有一把精致的用来装清油的瓷壶，壶身上有两只鹿，一只是大鹿，另一只是小鹿，两只鹿依偎在一起，我每次看到太太的这把壶，总会想到我家的"白头"羊和它的孩子站在一起的亲热场景。太太说这是太爷爷年轻时去南昌看望他的弟弟——我三太爷爷时带来的。太太经常感叹："你三太爷爷是开飞机的，年纪轻轻就死了，也没留下个一男半女！"三太爷爷死后从南昌运回玉兰镇，葬在古坟湾。

"当年你三太爷爷的灵柩经过路庄时，那护送的人群有二里路长！两匹白马拉着高高大大的马车，马车上围着好几层黑色缎面，车篷上吊着大白花子，连马头上都扎着笸箩大的用黑缎子做成的花！那么大的马车，谁都没见过！"

这段记忆，祖母常常说起。当时祖母还未出嫁，送葬的队伍经过路庄时，全庄的人都会围观。

我在家谱上看到过三太爷爷的记载："张守珀，字海田，生于一九零二年八月二十四日，北京南苑航校第四期毕业生，参加过北伐战争，死于空难，时年三十四岁。"

后来，这把有两只鹿的瓷壶让小姑奶奶拿去当茶壶了。

三

太太一颗牙都没了，她的嘴唇皱在一起，和眼睛一样，都是笑眯眯的。

家里有两个相框，其中一个里面有张太太的小黑白照片：

太太身穿长袍寿衣，手拄着拐杖，头微侧着，笑眯眯地坐在椅子上。第一次见到这张照片时，我越看越觉得照片里的老人像太太，便问母亲："她怎么这么像我太太啊？"母亲笑乐了："她就是咱家老祖宗！那时候我还没嫁过来呢！"

时间久了，相框里落进了灰尘，怎么擦拭都擦不干净。父亲打开相框，让我清理一番。

时间太久了，贴照片的底纸轻轻一碰便碎了，里面一些照片受潮后破损严重，只能换掉了。父亲拿来一个塑料皮的笔记本，里面夹着好几个装有照片的信封，让我甄选一些收入相框。我先找出了给太太的寿棺"扫财①"时父亲专门给她拍的一张大大的照片：太太头裹黑色纱巾，身着黑色大襟儿上衣，上衣左上角衣扣环上，系垂一条白色手帕儿，裤脚缠着腿带儿，小脚鞋绣莲花，手拄藤条儿拐杖，直立正坐于靠椅，背景布是颐和园。太太依旧是笑眯眯的，脸在笑，眼睛在笑，嘴巴在笑，手帕儿在笑，连藤条儿拐杖都在笑。

我把这张照片置于相框的正中。

我硬拉着太太的手，带她来看我新布置的相框。

"这照片，真像我！"太太笑眯眯地说。

"太太，这是你的那张旧照片，我要把它夹在我的塑料皮本子里。"

我手里拿着太太那张老照片，让她再看一看。

---

① 扫财：当地方言，棺木制作或棺木彩漆完毕时，在棺木内撒些钱币和木材屑，用扫帚扫出来的仪式，寓意家庭人财两旺。

太太摸了摸老照片，对我说她已经看不清，也记不得了。

太太屋子里的物件几乎都泛着一股子老气：炕柜上的锁子是把旧式的铜锁，锁环和环下的垫片也是铜制的，黑旧中透散出黄亮的光，告诉人们它们原来的样子。太太的那串钥匙倒是光滑锃亮的，但也有股子老旧气味，几把钥匙和一个银制掏耳勺又光又滑，钥匙环上的几个铜钱也是又光又滑，上面的字已磨损得看不清了，钱眼儿已不再是方形，被钥匙环磨得近乎圆形。太太的炕柜里有一杆秤和一把算盘，那杆秤除了秤砣是铁制的，其余的都由黄铜制成，比我家称粮食的秤要小得多，而我知道它比我家秤的年龄肯定要大得多。父亲说，太太的秤是用来称药的。父亲的太爷爷开过药铺，这杆秤应该是老先人留下来的。太太的秤是老旧的，旧得像根陈年的黑色木棍。太太的那把算盘我是极喜欢的，虽然老旧，但没有损坏，我时常和太太俩人一起用它玩"打马"的游戏，或者我一个人"哗啦啦"地乱拨一气。太太的小瓷茶壶滑溜溜、油亮亮的，壶面上是几个带着肚兜嬉闹的小孩儿，那图案像是沁进了壶面，壶里面黑乎乎的，浸满了茶垢，太太喝茶时直接嘴对着壶嘴喝。太太喝的是茯砖茶，用把熏得黑乎乎的铜壶煮沸了茶，把茶水倒进瓷茶壶里喝。太太喝着很享受，她让我尝过一次，那茶苦苦的，我喝不惯。

太太屋里的物件中，唯一新式的是炕围子①。每隔一段时间，太太撕掉炕围子上的旧报纸，贴上新报纸，在所贴的报纸

---

① 炕围子：当地方言，在与土炕相连的墙体上，在近三尺高范围内粘贴报纸，保护墙体；另，人靠坐在墙体时，防止土墙弄脏衣服。

里，以《少年文史报》和《语文报》居多。我已习惯于或蹲或侧卧于太太的炕上，阅览炕围子上的报纸，最喜欢的是报纸里关于历史人物、历史事件和地理志的部分。在太太的炕上，我一遍遍地默读，好多内容都能背下来。冬天时，太太换墙围子要勤一些，夏天里，则换得慢一些。我读炕围子报纸的习惯太太是知道的，每换新一批报纸，太太会告诉我："来，茂娃儿，我换新炕围子了。"

四

太太住在一个老的四合院里，是个一进院，正房面南而建，设东西厢房，门窗上镶嵌各种木雕图案，太太住在西厢房，祖父和祖母住在东厢房，院子里本还有其他的屋子，先前大地震期间震塌了，只留下正房。这个四合院现今围在了六叔家的大院子里。六叔拆掉旧院墙，扩大了院子，把太太的屋子圈了进来。

太太说，大地震时，三太爷爷正在东厢房炕上的灯下夜读，忽觉有人推他，便顺势朝前伸躯，迅速移于屋外得以生存，当时头顶繁星满天，身后却是东厢房。太太所述，让我对东厢房顿生敬畏之意。

太太一个人住在西厢房里，不像祖父和祖母是住在一起的，父亲和母亲是住在一起的，我们几个孩子是住在一起的。我看到太太一个人静静地抽着旱烟，有时会想，太太该是有多寂寞啊！幸亏我知道了这个秘密！那寂寞必是要随之减少了的吧。我每天都到太太的屋子里去，不是刻意要陪着太太，而是顺着脚就去了，成了一种习惯。

在太太的炕上，我有时也趴着写作业，但大多是在炕上胡乱翻腾，太太的东西找不着了，问我便知。在太太的炕上困了就睡，睡到什么时候起来就什么时候起来，有时候起来已是半夜，索性就接着睡，一直睡到第二天早上。太太有很多哄孩子睡觉的歌谣，我在半梦半醒中听见她自吟自答：

喔罗罗喔，喔罗罗喔，

娃娃醒来要馍馍。

馍馍来？

猫叼了。

猫儿来？

钻洞了。

洞儿来？

草塞了。

草儿来？

牛吃了。

牛儿来？

上山了。

山儿来？

雪盖了。

雪儿来？

消水了。

水儿来？

和泥了。

泥儿来？

墁墙了。

墙儿来？

猪毁了。

猪儿来？

大老爷爷杀掉吃肉了。

大老爷爷来？

一碗馍馍一碗肉，

吃得胀死在大路上了。

大老爷爷盖的啥？

盖的天。

铺的啥？

铺的地。

枕的啥？

枕的花石头。

五

我见过同学的驹狸①毛毽子，毽子毛染成了红、黄、绿三种颜色，甚是好看，我也想做一个。

找一撮驹狸毛，用水浸湿，拿毛梢穿过铜钱的钱眼儿，用劲拉驹狸毛，让钱眼儿紧紧地卡住毛根，直到拉不动为止，再用烧红的火钳烫掉穿不过钱眼儿的毛根，剪平毛梢，最后染上几种好看的颜色，驹狸毛毽子便做成了。

太太的钥匙串上有几个铜钱，但我知道她不会给我。太太不喜欢孩子踢驹狸毛毽子。这种以铜钱为底座的毽子会把鞋帮子踢破，踢伤脚指头。

中午，太太正在捻毛线。太太捻的毛线大都给了父亲，父亲用毛线织毛背心。家里已经有两件毛背心，大姐和二姐各穿了一件，父亲念叨着要给我也织一件，太太手里捻着的毛线正是给我准备的。

我装出很平常的样子："太太，我用下你的掏耳勺。"

"你说啥？"太太没听清楚。

"太太，我用下你的掏耳勺。"我大声地向太太说道。

"哦，你要用掏耳勺啊。"太太说着，松开捻线的右手，把线轱辘全拿在左手，右手伸进衣服的内衣衣兜里拿出钥匙串儿。

---

① 驹狸：当地方言，山羊。

42

我拿过钥匙串儿就往屋外跑。

"你在屋里掏，跑到外面去干什么？"太太很疑惑的样子，对我大声喊道。

"外面亮，我到外面去掏。"我边回答边往外面跑，已顾不得太太还在喊些什么了。我跑出院子，躲进骡子圈里，双手抖得厉害，哆嗦了好一阵子才取下一个铜钱，没敢把卸下的铜钱装在衣兜里，而是塞在了一处墙缝里。

我小心地溜进屋子里，太太还在捻毛线，见我回来了，看了我一眼问道："掏个耳朵咋这么长时间呢？你干什么去了？"

"我……我……没干什么。"

听了太太的询问，我紧张了起来，连话都说不连贯了。我把钥匙串儿快快地递给了太太，逃离了屋子。

我跑到骡子圈里，找出铜钱，惴惴地装在衣兜里。

整个下午我一直避着太太，晚饭的时候也躲着太太。

晚饭后，家里的几只羊回来了，它们白天随羊群到山里吃草，晚上回来，这群羊里面有我挂念了一个下午的白驹狸。它身上的毛是顺直的，它的胡子也是顺直的，泛着光泽！

赶羊归圈后，我约好大姐，偷偷地带上母亲做针线用的剪刀，开始行动。

羊圈里，我和大姐先关上圈门，慢慢靠近白驹狸，不料，整个羊圈却骚动了起来！羊群蠕动着往一起挤，架子上的鸡也"咕咕咕"地叫！白驹狸警惕地看着我俩，往后退，退到墙角根时，身子一转，却又冲到了我俩身后！来回折腾了好久，我俩还是抓不住白驹狸。

"这样是抓不住它的，你出去拔些草来。"大姐顿悟道。

我明白了大姐的意思，跑出羊圈，到地埂上拔了一大把青草，返回羊圈，把青草递给大姐。大姐抽出一小把草，朝着白驹狸晃动，并冲着它"咩咩咩"地叫。慢慢地，白驹狸不那么警惕了，试探着吃大姐喂它的青草。大姐顺势轻轻地给白驹狸挠着脑袋，白驹狸很温顺的样子。我本想剪下白驹狸的胡子做毽子，靠近它时，发现胡子太短了，悄悄地对大姐说道："胡子太短了，做不了毽子的。"

"你快剪它身上长一些的毛。"

我学着大姐的样子给白驹狸身上挠痒痒，它安静极了！我慢慢松开挠痒痒的双手，转身用后背挡住白驹狸的眼睛，左手轻轻地提起一小撮羊毛，右手迅速拿出剪刀，本想能一剪刀就剪断羊毛，不料羊毛的韧性极好，一下子根本剪不断！剪了好几次，总算剪下来了！我连着剪了三小撮羊毛才放开白驹狸。

我俩很快将驹狸毛毽子做好了。只可惜没有颜料，染不成漂亮的颜色。大姐试着踢了几下毽子说道："铜钱太薄，这个毽子太轻了。"

是的，从太太那里偷来的那枚铜钱确实太薄了。

第二天中午，我给黑骡子饮水回来时，老远就看见太太拄着拐棍儿，站在骡子圈门口。我知道太太是在等我。

我牵着黑骡子，故意放慢了脚步，磨蹭到了太太跟前。

太太紧盯着我，问道："茂娃儿，我的铜钱咋少了一个呢？"

"我……我……"

路上我本来已经想好了，理直气壮地告诉太太："不——知——道！"可我见到太太时却说不出话来。我低着头，手里捏着骡子缰绳，索性不说话。

"茂娃儿，去把骡子关好，到太太跟前来。"

我关好黑骡子，磨蹭到了太太跟前。

太太从怀里掏出了一把铜钱，递到我眼前：她的手里至少有十几枚质地厚实的铜钱，铜钱的字和铜钱的边缘泛着油油的厚重的金黄色，里面还有几枚没有钱眼儿的大一点的暗红色钱币，上面铸有精美的龙。

"这些太太全送给你了，把那个还我吧，那个太薄了，做不了驹狸毛毽子的。"

我羞愧地站在太太面前，像僵住了一般，最后大哭了起来。太太把我揽进了她的怀里。

太太身上有种味道，我说不出来的味道。

母亲说，那是老祖宗身上的老味儿。

六

穿针时，太太总会叫我："茂娃儿，来给太太穿针。"

太太盘腿坐在窗边，一手捏着专门缝被子的粗针，一手捏着她自己捻的毛线，对着窗户的亮光努力地穿针线，偶尔能碰巧穿过去，大多数时候她是无能为力的，而我即使不对着窗户也可以轻松地把线穿过针眼。

太太从炕柜里拿出一个柿子饼给我吃，这柿子饼是小姑奶奶看望她时带来的。

太太的笸箩里装满大大小小、五颜六色的布头，膝盖上摊铺着用这些布头层层缝衲而成的大半个"布头毯子"。

我问太太："太太，你做这个给谁用呢？"

"给咱们家用啊。"

"这个东西咋用呢？"

"咋用？可以当毛毡垫在炕上，也可以当被子盖在身上，还可以在冬天盖在地窖里的洋芋堆上。"

"这个东西硬硬的，咋往身上盖呢？"

"没东西盖的时候，它自然就能往身上盖啦！"

"太太，你盖过吗？"

"盖过呀，你四太太也盖过，她可多亏了这毡子，要不早就冻死了。"

"我四太太是谁啊，我咋没见过呢？"

"你咋会见着呢，她死的时候你还没出生呢！"

"她家里穷吗？盖这种被子！"

"她家不穷的，是玉兰镇当时的有钱人家！"

"那她怎么会盖这种被子呢？"

"她的家被查抄了，房子被民团征用了，钱被分掉了，她家什么都没有了。"

"那是为啥呢？"

"因为你四太爷爷造反。"

"他为啥要造反呢？"

"这个我不清楚，也不懂他那么有钱为啥偏偏要造反。只听说他在县城的军队里组织士兵造反，之后打了几仗，打不过人家便和部队躲进了山里，后来被民团的人捉住关在县里的牢狱中。"

"那可咋办呢？"

"能咋办，拿钱买命呗！可惜到头来却落了个人财两空。"

"啥叫人财两空？"

"就是钱花了，人却没有放出来。你四太爷爷终是被枪毙了，枪毙时两口子绑在一起，打死了男的，留下女的。"

"那他死了我四太太咋办了？"

"还能咋办，民团的人把她赶出了家，让她住在她家原来的马圈里，扫大街，扫麦场，杵着小脚儿从沙河往团场里抱石头。"

"马圈里咋睡觉呢，里面没有炕啊！"

"咋睡觉？铺着麦秆就可以睡。"

"那盖什么，是钻到草里面睡觉吗？"

"刚开始她就在麦秆里睡，后来我用碎布头给她做了个被子，晚上偷偷地给了她。要不啊，那年三九天的白毛风非把她冻死不可！"

"那个被子和你现在做的这个一样吗？"

"哪有现在的这个好，哪有现在的这个厚！里面不全是布头，有旧毡子、烂鞋帮啥的都往里面塞。"

"那后来呢？"

"后来就忍着吧，民团里当兵的一有时间就把她拉出来打，有一次差点给打死呢！"

"为啥要打死她呢？"

"因为你四太太告诉自己家小孩子说你四太爷爷是黄歪眼儿打死的。"

"就为了这件事要打死她吗？"

"是啊，这种事是保密的，不能让人知道。"

"那个黄歪眼儿是谁？"

"是民团的队长。"

"哦，就是那个把尾泉修坏了的人吗？"

"是啊，解放后他倒卖公社的木头，被抓起来劳改了几年。"

"我四太太一直住在马圈里吗？"

"住了几年后，盖了个很小的土房子，一家人挤在土房子里。"

"那咋住得下呢？"

"那也得住啊！'管制得人都不爱活了'，这是你四太太常说的一句话。"

"她有孩子吗？"

"她的孩子就是你六爷爷，是玉兰镇上少有的聪明人，书上的字只要看一眼，就全记在心里了！你六爷爷解放前在省里上医学院，毕业后留在了那里当大夫。唉，可惜不多几年得白喉病死了。"

"哦，怪不得我没见过他呢？"

"是啊，年纪轻轻就死了！可苦了你六奶奶这辈子了！"

"苦是啥啊？她每天都笑眯眯的，她蒸的包子可好吃呢！"

"苦是啥，我不会说，可我知道啥是不苦。"

"啥是不苦呢？"

"不苦就是有个说话的人，有饭吃。"

"那我现在就是不苦的，太太你也是不苦的。"

"为啥呢？"

"因为有我陪你说话，你有饭吃。"

"我茂娃儿跟个小大人一样！真会说，说得真好！"

太太的这个"布头毯子"做了大半年才做完，厚厚的，沉沉的，叠起来我都抱不动。我和大姐找来家里的长把儿锄头，把锄头把儿从"布头毯子"下面穿过，一前一后抬着"布头毯子"到厨房，铺在厨房的炕上。

我曾试着钻进"布头毯子"里，把它当成被子。它太硬了，裹不住肩头。

冬天，我去骡子圈里端详琢磨了好多次：这"布头毯子"若在圈里盖着暖不暖和呢？

七

清明节过去了，杏花快开了。

太太感冒了，吃了父亲买的药却不见好，父亲给太太打了

49

针，可太太的感冒还是不见好，没几天，太太突然不会说话了。父亲抱着太太，挨着她的耳朵，使劲地喊："奶奶啊，奶奶，您听见我说话了吗？奶奶啊，奶奶，您说话啊！"

可无论是醒着还是睡着，太太不再说话了。

我贴到太太跟前，看到太太依旧对着我笑眯眯的，我知道太太要跟我说话，我把耳朵紧挨着太太的嘴巴，只听见太太嘴巴张合的声息。

祖父和祖母，三祖父和三祖母，大姑奶奶，二姑奶奶，小姑奶奶还有好多我见过的、没见过的亲戚都来探望太太，好几天，太太的炕上坐满了人。

三祖母说炕桌子太占地方，搬到地下腾出地方来坐人。

炕桌子被搬到地上，太太发现了。

一直躺在炕上的太太突然起来了，下炕走到了炕桌子旁，抱起炕桌子放回原处。

三祖母说："老祖宗的病要好了！"

当天夜里，我做了一个长长的梦：太太的屋前落雪了，白茫茫的一片。

父亲赶着黑骡子从小东沟里驮来两筐红红的胶泥土，堆放在太太屋前，我从腹泉挑来两桶清凉的泉水，父亲用铁锹在土堆顶上刨开一个圆圆的坑，母亲把泉水倒入，父亲不停地用铁锹搅拌，拌成了一大堆红红的、黏黏的泥巴团。一家人围坐在泥巴团周围，用手揪下小泥团，搓成一个个小泥蛋儿，再用丝葫芦棍儿串成泥葫芦串儿。一家人不停地搓啊搓，不停地串啊串，串了一串又一串，堆放在门台上，眼看着就快堆不下了！

屋前立着两根用麦秆捆扎而成的架子，母亲让我们把串好的泥葫芦串儿一个个密密地插在架子上面，那泥葫芦串儿像压满枝头的一串串红枣，甚是喜人！

从大门外跑来了两只大红公鸡，分别飞上两个架子，张开翅翼，大声鸣叫。

家里的羊群也回来了，围着那两个架子，仰着头，"咩咩咩"地跟着公鸡叫。

太太的那只失踪多日的白母鸡也来了，它的后面是一架由两匹白马拉着的马车，马车停在了太太的屋前。那马跟画里面赵子龙骑的白马一样雄健、威武。

突然，一架泥葫芦串儿金光闪闪，另一架泥葫芦串儿银光灿灿，细看，原来那一个个葫芦串儿已经变成金色或银白色的小球儿，密密地粘满了架子，一层又一层！

我正在惊奇中，两匹白马仰天嘶鸣，那两个架子落入车中，白马拉着马车，腾空飞起，朝着夕阳，绝尘而去！

我紧张地大声呼叫屋内的太太："太太，快来看，快来看，白马跑了！"

太太没有应我，我冲进屋里去找她，她不在炕上，我满屋子找，却找不见太太。

我急得大喊:"太太啊,你去哪儿了?太太啊,你快出来看白马!"

"茂娃儿,醒醒,快醒醒!"

母亲摇醒了我,摸着我汗淋淋的额头说:"你太太走了,咱家老祖宗走了!"

我惊坐了起来,喘着粗气呆呆地望着窗外。

雪在下,满树的杏花上落满了雪。

八

太太走的时候九十三岁。

太太的丧事是"大三元①",要念好几天经文的。

说是念经,其实是用一种调子在缓缓吟唱。风水先生戴阴阳帽,穿缁衣,左手持摇铃,右手敲击木鱼,对着经书用一种古怪而肃穆的调子吟唱,旁边有很多人附和着唱:

……盘古初分天地,混沌未判已前②。阴阳造化之间,日月循环之内,光阴迅速,乌兔如飞。尘世倾若浮花,百岁犹如春梦……

…………

……人生如同:草头露珠,水上浮沤,闪电之光,石火难

---

① 大三元:当地方言,农村最高规格葬礼的称谓。

② 已前:现拟用"以前"。

留。岂不闻：八百岁之彭祖，三十二岁之颜回，黄泉路上无老少，雁死途中不分情；神农妙药，难救大限之灾；卢医遍地，那①救得临危之苦。古往英雄良将，历代帝王，尽葬于邙山之下，都送于荒郊野外。岂不闻：三皇治世，五帝为君，难免无常二字。阎王不怕真天子，判官何惧帝王孙；英雄豪杰今何在，富贵荣华总是空；马到临崖收缰晚，船到江心补漏迟；人生如同桃李树，花开能有几日红，无挂无碍出罗网，一逍一遥往西方……

这些经文，我大概能听懂一些，只觉得荒凉而清冷。

我找到了葬礼上当司笔的刘爷爷，问道："刘爷爷，经文里的无常是啥意思？"

"无常的意思可不好说，你就想作说不定的意思吧，再大的人物难免都是要死的，都会尘归尘，土归土的。"

"那罗网是什么？"

"罗网就是管制人的东西，比如说你家黑骡子的笼头就是它的罗网。"

"为什么偏要说是一逍一遥往西方呢？"

"因为西方是极乐世界，是灵魂安息的地方！"

西方是极乐世界，这个我是知道的，连环画《西游记》里曾这么说过。

我一直空着的心竟有了一丝安慰。

---

① 那：现拟用"哪"。

我从衣兜里拿出一张小纸条递到刘爷爷的手里："刘爷爷，您帮我给太太写副挽联吧。"

皱皱的纸条上我用铅笔写着："白雪落九天你在那边亲吻我拥抱我，杏花开一树我在这里思恋你想念你。"

这是前一天夜里，在太太的灵堂里，我已想好了的。

九

太太的墓地在凤鸣湾，我在那里经常放骡子。

清早，在凤鸣湾，我第一次见到墓穴，见到了太太的墓穴：墓穴深九尺，宽三尺，丧事期间新掘于黄土塬峁。

走近墓穴，我闻到一阵清香，那是墓穴里黄土的味道。

下葬前，人们移开棺盖，露出一道缝，我最后一次见到了静静地躺在里面的太太。

太太的棺材用绳索缓缓降落在墓穴底后，厚厚的黄土盖在了太太的棺木上。

太太埋在黄土里面了。

以太太的坟头为中心，前来帮忙的人们平了一个小方院，院墙矮矮的，和太太菜地的地埂一样高。

站在太太的小方院内，我的影子被早晨的阳光拉得长长的，拉出了院子，一直拉到了坟墓对面的野枸杞丛里。

枸杞已经冒出了新芽，芽上的残雪变成一粒粒水珠，水珠亮晶晶的，它的下面映照出土地的影子，上面映照出的是天空的景象。

凤鸣湾的层层梯田尚未播种，地里面的"谷毛儿"草已经长起来了。它们在耕犁后的田地里长得茁壮而肆意，金色的阳光擦着地皮掠过后，这些"谷毛儿"草像是被梳理过似的，变得越发茂密了，而过不了几天，它们会被耧犁翻埋入地下，变作庄稼的肥料。梯田间的地埂上，野草密密地贴着地面，紧扒着地皮不放，这地埂才是野草真正的家园。而这家园，却是马、骡子、驴子和羊的牧场，这里的草，春夏秋冬，家畜和野兔总在吃，却总也吃不完。

阳光推开厚厚的云层，露出清澈明亮的天际，那连着天际的云层边缘，像是火在燃烧，火焰舔舐着一块巨大的煤层，那煤层越燃越旺，通身不断地有火苗喷出，煤层渐渐地变薄，渐渐地被火焰烧成了碎块，碎块烧成了灰烬，最后不见了，只剩下蓝蓝的天空。

七月，哈思山里成片成片的野草莓成熟了，成片成片的山丹花在盛开。

我赶着黑骡子去哈思山放牧，顺便摘了大袋的野草莓，还挖了好几株山丹花。

我绕道去了凤鸣湾，把野草莓摆放在太太的坟前，我把山丹花种在了太太的院内。

　　我看见，插在太太坟头的藤条拐杖把儿已不像以前那样光亮亮的了。

第三章

一

　　"我和你的三姥爷头一天各自多备了一根粗粗的藤条鞭杆，仔细检查了撂片子①的绳索，第二天早早起床，装了四个锅盔馍馍和两大壶水，带上黑狗，赶着羊群，朝那只豹子曾经出没过的狼谷走去。"姥爷边捻着毛线，边给我和二姐讲他早年放羊时与三姥爷一起打豹子的事。姥爷打死豹子的故事，偶尔听母亲说起过，我只知道有只豹子咬死了姥爷羊群里的羊，姥爷带着三姥爷打死了那只豹子，还把豹子抬回了枣庄。关于这传奇故事的详情，我总觉得母亲讲得不精彩，听得不尽兴。

　　"一进狼谷，我的心一下子就提到了嗓子眼，既要防着豹子突然蹿出来咬羊群，又要照看你三姥爷，生怕他被豹子伤着。你的三姥爷比我小两岁，当时不过是个十七八岁的小伙子。你

_____

　　① 撂片子：当地方言，投石索。

太姥姥本不让他跟来的，可你太姥爷和大姥爷当时去宁夏拿红枣换粮食去了，家里实在没个帮手。我那兄弟也正是气盛的年龄，求着你太姥姥让他随我一起去打豹子，最后你太姥姥只能让我带上他一起去，兄弟俩相互好有个照应。黑狗走在羊群的前面，我们弟兄俩走在羊群的后面，前后左右地小心张望！生怕那畜生冷不丁从哪儿跳出来！我俩始终离得不远，一边要看守羊群，一边还要警惕那只豹子突然出没，连中午吃干粮时都是背靠着背呢！"

姥爷边回忆他打豹子的故事，边不紧不慢地捻着毛线，目光不时从捻线的手指间转到我和二姐的眼睛上。

"豹子来了吗？姥爷。"我很着急。

"没有，连着三天，连那畜生的影子都没见着。第四天快晌午时，我和你三姥爷在狼谷谷脑①的狼牙崖上正背靠背吃干粮，一旁的黑狗突然'呜——呜——呜'地出声了！那声音是从狗鼻子里面挤出来的！黑狗的身子一个劲儿地往我身边靠！黑狗的身子竟是抖着的！黑狗是最灵的了，它一定是看见了那个畜生！那个黑狗，打小是喂肉长大的，有牛犊子那般高大，平时连狼都敢咬的！谁知黑狗见了豹子，竟然怕成了那个鬼样子！也难怪，老辈儿的人都说豹子最喜欢吃狗肉，豹子吃狗肉如同人饮美酒，能把豹子吃醉的！我们兄弟俩'噌'一下站了起来！顺着黑狗的眼神望去，在对面观音崖上看见了那头豹子！

---

① 谷脑：当地方言，沟谷的尽头处。

正是它咬死了好几只羊！"

姥爷已经收住了手中的活，回忆让他的眼睛里溢满兴奋的光芒！

"姥爷，豹子长什么模样？"二姐打断了姥爷的讲述。

"那畜生有刚满月的驴娃子那么大，身子长，肚子小，长长的尾巴来回摆动。老远看去，就像块大石头，和那观音崖的颜色一模一样！不细看，是看不见的！想是那畜生前几天咬死了好几只羊，还没饿，所以前三天没出来，第四天才出来。"

姥爷捋了捋他硬扎扎的胡子，用手指挠了挠头皮，发出"噌噌噌"的声音。姥爷的头发粗壮浓密，没有一根白发。

"那豹子朝你们冲过来了吗？"我急着问姥爷。

"没有，那畜生只是盯着我们看！我们弟兄俩把藤条鞭杆夹在腋下，把早就备好的石头疙瘩兜在撂片子里，朝那畜生奔去！"

姥爷的语气明显加快了，我的呼吸也跟着在加快！

"腊月的天，身上的汗愣是把衣服湿透了！感觉胸口的热气直冲到下巴，跑了那么长的路，也不觉得累！也就二十几岁的驼①小伙子才能这样！"

姥爷的眼神异常骄傲，他已重新回到多年前那个腊月的天。

"冲到狼牙崖的边上，不能再往前追了，前面是一道陡壁，壁下是足足两丈宽的深壕，把狼牙崖和观音崖隔开。我们看清

_____

① 驼：当地方言，身体强壮的意思。

了对面观音崖上的豹子！那个畜生立在一块大石头上龇牙冲着我们吼叫，估计是想吓跑我们。我冲着你三姥爷喊道：'老三，你准备好你的撂片子！我先用我的打它，要是打不准，你接着打！'我们弟兄俩先后'呼呼呼'地一圈一圈地抡开撂片子，我对准了那畜生，先打出去了一块拳头大小的石头疙瘩。那豹子就是豹子，机灵得很！听着声音很轻松地躲开了石头！你三姥爷紧接着也打出了一块石头，还是没打着。而那个豹子被激怒了，像风一样从观音崖上冲了下来，立马就冲到了崖边，顺势纵身一跳，竟然越过了深壕，'噌'地蹿到了我们跟前！距我俩不足两丈的距离！它张开大口朝你三姥爷冲了过来！要说我那兄弟胆子大呢！照着那畜生打出一块石头，巧得很！石头竟给扔到了豹子的嘴里，卡在嘴里出不来了！豹子'嗷嗷'乱叫，我也冲上去，拿着鞭杆照着它的嘴狠狠地戳了进去！"

姥爷脸上满是杀气，两腮的肌肉不停地抖动！

"那豹子被打成了那样，仍然用力摆动脑袋，试图吐出石块，甩出鞭杆！那畜生的野性可真大！脑袋甩动起来我的手都快要抓不住鞭杆了！你三姥爷抄起鞭杆，冲到了豹子跟前，照着它的脑袋狠命砸去！豹子又疼又怒，嘴巴卡着石头，只能用两只前爪扑打我们俩！一不留神，爪子抓到了我的大腿上，厚厚的棉裤立马被撕碎了，腿被它的爪子撕开了几道深深的血槽子！也顾不得疼了，也顾不得流血了，我松开抓着鞭杆的手，抄起另一个鞭杆，照着豹子的脑袋猛抽！那豹子嘴巴喷着血沫子，一点也不怕我们俩！突然跃起，朝着我扑过来，你三姥爷眼疾手快，扭身顺手抓住豹子的尾巴，使劲往下扯！豹子摔在了地下，扭头照着你三姥爷扑去，爪子掠过他的头，帽子被打掉了，额头被爪子划破了，鲜血直流！你三姥爷被豹子激怒了，抄起鞭杆照着豹子的脑袋砸去，鞭杆竟被打折了！这回，豹子被打得不那么能跳，受了重伤！豹子扭头就跑，我们紧跟着追，前面就是崖边，看它还往哪里跑！"

姥爷将了一把胡子，继续讲述。

"豹子冲到崖边，竟要一口气跳过山涧！跳到半空时，我用力狠狠地甩出鞭杆，打中了它的后腰，豹子没有跳过去，坠下了石崖！"

姥爷长出了一口气，继续说道："我俩绕到山崖下，找到摔死的豹子，弟兄俩轮换着将豹子背回庄上。那天，庄子上都火了起来，说石家弟兄打死豹子了。很多人都赶到家里围看那头被打死的豹子。"

听完姥爷的故事，我觉得豹子死得有点冤，有点可怜，姥爷不够地道！我甚至有些埋怨姥爷了，他不该打死那只豹子的。

"假如豹子咬死你家的羊羔，你不恨豹子吗？"姥爷笑着问我。

"那可不行，我非得打死它不可！"我咬牙瞪眼，回答道。

姥爷拍了拍我的肩头，自语道："像我的小伙子！"

二

我家有四只羊，全是母羊：两只驹狸、两只绵羊。一只驹狸叫白驹狸，另一只驹狸叫黑驹狸；一只绵羊长着一双黑眼圈，该叫它熊猫眼的，却起了个名叫"麻眼窝子"；另一只白绵羊本该叫白绵羊的，可偏偏叫它"白头"。

四只羊每年冬天都要产羊羔，羊羔基本都出生在羊圈里，也有产在山里的，由羊把式用羊毛毡做的袋子装着背回来。生下羊羔后，母亲会熬一大锅小米粥让母羊喝。刚生下的羊羔浑身湿漉漉的，走路摇摇摆摆，弱弱地"咩咩咩"地叫，大羊一个劲儿地舔舐着羊羔，羊羔冷不丁跌倒在地，大羊低下头，用嘴巴轻轻地拱羊羔，羊羔顺势晃晃悠悠地自己站起来。羊羔一般都会自己吃奶，也有的羊羔傻傻的，找不到吃奶的地方，饿得围着大羊直叫唤，这就需要人帮忙找奶了。一个人轻轻地骑在大羊的脖子上，用腿夹住大羊，另一个人抬起大羊的后腿，把抱在怀里的羊羔放在大羊的胯下，轻轻地捉住羊羔的脑袋，让羊羔吃奶，这样重复喂几次，羊羔便学会自己吃奶了。在这四只羊羔里面，两只驹狸生的羊羔最聪明，会自己找奶吃，"白头"生的羊羔偶尔会让人帮忙找奶吃，"麻眼窝子"生的羊羔，老是笨笨的，第一次吃奶常常需要人帮忙。羊羔跪着吃奶，即使找奶吃的笨羊羔也不例外。

大羊生下羊羔后的第二天，便不再随羊群进山吃草了，必须留在家里照看羊羔。大羊走到哪里，羊羔便会摇着小尾巴跟到哪里，大羊吃草料时，羊羔好奇地用鼻子闻闻草料，并不吃。大羊站着时，羊羔会钻到大羊胯下，跪在地上，仰起脑袋吃奶。大羊有时会不耐烦，羊羔刚吃上奶，大羊就走开了，羊羔只能跟在后面"咩咩咩"地叫。

大羊只在家里待两天，第三天便跟着羊群去山里吃草，羊羔则留在家里。早上赶着大羊去路口等进山的羊群时，我抱着羊羔，羊羔在怀里挣扎，拼命地冲着大羊叫，大羊不时地回头对着羊羔叫，大羊随羊群走了好久，羊羔才能平静下来。

家里的四只羊羔都出生后，早上把一群羊羔与进山吃草的大羊分开极不容易。二姐先进羊圈，我守在圈门外，打开羊圈门，只留通过一只羊的宽度，大羊依次通过，圈里面的二姐负责将羊羔与大羊隔开，把羊羔留在圈里，等大羊全部出去后，立马关上圈门，把羊羔隔在圈内，大羊隔在圈外。四只羊羔里小驹狸娃子灵光得很，它知道要把它们母子分开，紧贴着大羊往外冲，二姐拦住它，它竟用脑袋顶二姐，像个弹簧般乱蹦乱跳，常常是分开了这对，另一对刚刚被隔开了的羊羔瞅着空子就往外面冲，大一点的羊羔，竟然能跳过羊圈门！真是急红了眼！羊圈内躁动不安，羊圈外的大羊回头看着羊羔们，一副依依不舍的样子。大羊叫，羊羔喊，好不热闹！傍晚，大羊快要从山里吃草回来时，羊羔像是知道大羊快要回来了，一趟趟跑到大门口兴奋地对着路口张望，又一次次地失望而归。等路上传来羊把式的鞭哨声，羊群该回来了！羊羔们能感觉到从地下传来的羊蹄声音，霎时，四只羊羔冲出大门，直奔路口，奔跑中，驹狸娃子最先腾空跃起，落地时，扬起后蹄，扭动几下，想必兴奋极了，其他的羊羔像是受到了感染一样，纷纷效仿着腾跃！如果回来的羊群里没有我家的大羊，四只羊羔会停在路口，"咩咩咩"地大声叫唤着，也不回家，就在那里等着。等到我家大羊所在的羊群远远地走过来时，羊羔们会发疯一样地奔跑着迎上去，钻进羊群里找大羊。羊群走到路口，我家大羊停下来不走了，再看羊羔，一个个地钻到大羊的胯下，跪着吃奶，小短尾巴"扑扑扑"地亲昵摆动！大羊转回头舔羊羔的身子，一脸幸福的神态。

这样的时候，母亲总说："这些羊羔子，等了一天，就为了这口奶！"

春天到了，我赶着羊羔在地埂、水渠边上吃草。

春天里，地是蓬松的，草儿无须用力就可以钻出地面，若是有块石头正压在上面，那也没关系，草儿会拐个弯，顺着石块边探出头来。若压着的是小土块，草儿要么刺穿它，要么索性就把它顶翻到一边去。春天的草是鲜嫩的，油亮亮、湿漉漉的，空气中弥漫着浓浓的青草香。这香味引来了几只鸡，一口一个草尖儿，吃得津津有味，而地上，第二天就会有新芽儿冒出来，用不了几天，又一茬草便会长起来。在这青青草丛里，散布着紫色、黄色、粉色还有蓝色的小野花，紫色的花像倒挂的灯笼，那是党参的花；黄色的花什么也不像，就是花本来的样子，那是蒲公英的花；粉色的花像指甲盖般大小的荷花，那是柴胡的花；蓝色的花毛茸茸的，四周长满了小刺，那是"猪耳朵"的花。

羊羔极喜欢吃这些草和小野花。羊羔吃草，不像大羊那样只顾低头吃，它们咬几口青草后会抬起脑袋慢慢地咀嚼。碰到草多的地方，我学大羊"咩咩咩"的叫声唤羊羔过来，可一点儿也不管用,它们只愿意去它们愿意去的地方,我只能跑过去,捉住一只,把它抱到草多的地方来,然后再跑回去捉住另一只抱过来,来回四次才能把它们一个一个地转运过来。

水渠边长着榆树,树枝上长满豌豆大小的榆钱儿苞苞。我爬上榆树,抓住树枝,用力一捋,捋下一把榆钱苞苞装在口袋里,把几个口袋都装满了,滑下榆树,跑到羊羔跟前,从兜里掏出榆钱苞苞捧在手里喂它们吃。几只小脑袋挤在一起,齐刷刷地凑在我的手掌上争着吃,粉色的小舌头舔在手掌上,痒痒的。羊羔的胃口小,用不了多久便能吃饱。吃饱了的羊羔满身都是劲儿,到处撒着欢儿地跑。我最怕它们跑到田地里,踩坏了刚刚长出来的麦苗。我才把这只羊羔赶回到地埂、水渠边,那一只羊羔又跑到了田地里撒欢,我忙前忙后的,祖父看见了,只是在一旁捻着胡须微笑着。

小驹狸的叫声绵绵颤颤的,像个小女孩在呼唤母亲,我模仿大羊的叫声回应小驹狸,小驹狸会"突"地愣一下,停住叫声,接着"咩咩咩"地叫,不再搭理我的模仿声。小绵羊脑袋上满是卷卷的毛,越发显出脑袋圆乎乎的模样,它们一直是憨笑着的,即使早上硬要冲出羊圈门追大羊时,它们的脸依旧是笑着的。

羊羔长得很快,用母亲的话讲:"这些羊羔子,一天一个样!"

六七月时,羊羔们已经长大了,我已经抱不动它们了。这个时候,羊羔早已不吃奶,它们可以跟着大羊随羊群去山里吃草了，在羊群里，羊羔总是和自己的母亲走在一起。

羊羔随大羊进山吃草时我就拔一大筐青草，等着傍晚羊羔回来，把大羊和羊羔隔开，专门喂给羊羔吃。

慢慢地，羊羔长得够毛了[①]。有一天，我发现两只小驹狸傍晚没有随羊群回来。父亲说，小驹狸卖掉了。羊群经过眼泉，在那里饮水时被买家捉走了，那天晚上，我没跟父亲说一句话。

接连好几天，我心里失落极了，一直警惕地盯着另外两只小绵羊，祈愿它们傍晚都能随大羊一起回来。

一天早上，随羊群进山时，父亲让我把羊羔和大羊隔开。父亲说，羊羔要在家里喂一天，不随大羊进山吃草了。

上午，姥爷来家了。姥爷告诉我，父亲请他来杀羊，玉兰中学要搞文艺汇演，活动结束老师要吃羊羔肉。

杀羊羔时无须用绳绑着，姥爷把羊羔摁倒在地埂上，一条腿跪着压住羊羔的四条腿，一手捂着羊羔的嘴，另一只手握着刀子，连着杀死了两只羊羔。整个宰杀过程很短，羊羔一点声音都没发出来，不像杀猪时，猪又挣扎又叫唤的。

姥爷杀羊、剥皮、剁肉都是极为娴熟的，羊肉被父亲装进一个编织袋里用架子车运到学校，羊皮被姥爷拉得平平展展的，肉皮朝下，铺在厨房的地上。

中午，我没吃饭，跟所有人都没说话。

姥爷愧疚地对我说："茂平，别怨恨姥爷，明年母羊还会再生羊羔。"

---

① 够毛了：当地方言，羊毛的长度长得够用手攥住，可以杀掉卖羊羔肉了。

"今年是今年的羊，明年是明年的羊，谁叫你杀我的羊羔？"我狠狠地反问姥爷，眼泪随之流了下来！

我家的小羊每年不是直接卖掉就是杀掉后再卖掉。

来年的冬天，我家会有另一群羊羔出生。

我好像忘记了前一年的悲伤，依旧快乐地帮着羊羔找奶，抱着羊羔去地埂、水渠边吃草，爬上榆树捋榆钱苞苞，挎着筐子给羊羔拔草，前一年里羊羔们吃草嬉戏过的地方依旧会长出鲜嫩的草和各色小野花。

我问祖母："奶奶，为什么杀猪的时候不给猪剥皮，杀羊时要给羊剥皮？"

祖母告诉我说："羊剥了皮，它好入地投生转世啊！"

"羊羔投生后变成什么呢？我还能看到它们吗？"

"你的羊投生成啥我可不知道，但它们能认出你，你却认不出它们。"

祖母说完，又自语道："羊就跟这地上的草一样，一年一茬的。人也跟草一样，你是一茬人，奶奶是另一茬人！"

三

大白猫起初不是我家养的，有一天我在麦田里碰见了它，它冲着我"喵喵喵"地叫，我想捉住它，它转身就跑，跑到了三爷爷家装杂物的库房里。我跟了进去，大白猫蹿到了屋子里的木头垛上，我跟着爬上木头垛，把它堵在木头垛的边上，准备捉住它。三奶奶发现了我，站在门口问我："茂平，你咋跑到我家的库房里了？"

我知道她是怕我乱翻腾她家库房里的东西。我手指着大白猫，解释道："三奶奶，我家猫跑到你家库房里了，我来捉它。"

"哦，原来你是在捉猫啊！"

三奶奶也看到了木头垛上的大白猫，她关上了门，关切地说道："我把门关上，省得它跑掉。"

大白猫在木头垛边上没再逃跑，怯怯地蹲在那里，我一把捉住了它。

大白猫很瘦，身上的白毛干涩涩、脏兮兮的。

我抱着大白猫，一阵风一样地跑回了家，找了几块父亲裁剪衣服剩下的布条，打了几个结，做成了一根绳子，拴住了大白猫。我本想着找块馍馍给它吃，可家里的馍馍已经吃完了。我在装馍馍的笸箩里收集了一把馍馍渣，用水泡在碗里，喂给大白猫，它饿极了，几口就舔食完了。我找来母亲打糨糊用的铁勺，抓了一把面粉，倒上水做成面汤，放在炉火上不停地用筷子搅拌，很快做成了一勺面糊糊，又在里面倒了些清油，晾凉了，递到大白猫的嘴边，它伸出粉粉的舌头，舔吃面糊糊，舌头不时地把嘴边舔一圈，尾巴惬意地来回摆动。这次，它吃饱了，最后在勺子里剩下了一点儿面糊糊。

之前，家里的老鼠很多，自打大白猫来了后，老鼠好像瞬间消失了。

母亲说："这不像只野猫，准是谁家的猫给跑丢了，它的主人找来时，得还给人家。”

好长一段时间内，我和小妹一直担心大白猫原来的主人找到它，把它带走，可过了好久，也没有什么人来找猫，于是，大白猫便成了我家的猫。

大白猫是张家巷子里几家人的常客，是大家的宠物，谁见了它，心里总会想：大白猫吃了吗？

几家的孩子经常给它喂食吃，所以大白猫比刚来时胖多了，身上的白毛油光水亮的，在太阳下像缎子似的。

大白猫除了吃老鼠，还吃蛇。

一天，我看见大白猫嘴里叼着什么东西窜进了正房，钻进了地柜子下面，我紧跟着也跑进屋里，趴在地上，把脑袋贴在地上看它在柜子底下到底吃什么。

原来，大白猫衔回来一条食指粗的“七寸”蛇，蛇扬起头左右晃动着伺机咬大白猫，眼看快要咬着了，大白猫脑袋轻轻一晃便躲开了，加之猫身上有又厚又滑的毛保护着，蛇始终不能得逞。大白猫只管不停地咀嚼着蛇，那蛇的身子起初是盘起来的，不停地扭动，很快，蛇的身子耷拉下来，不动了。大白猫从蛇的脑袋一气儿吃到蛇的尾巴，吃完后，舔舔嘴，跑出屋子，到外面去了。

我把猫吃蛇的事情告诉了祖母，祖母说她只是听说有些猫敢抓蛇吃，但从没见过。祖母又告诫我，猫吃东西的时候，人不能看，猫容易松口①，对猫不好。而祖母的告诫我并未放在

---

① 松口，当地方言，猫咬猎物时受到惊扰容易松口，猎物趁机逃跑。

心上，我只要看见大白猫抓到老鼠，从它玩戏老鼠到它吃完老鼠的全过程，我都是跟踪过去，躲在一边偷看。

大白猫极爱干净，经常用舌头舔湿前爪，蹲着用爪子洗脸、洗耳朵，洗完后，它侧卧着，用舌头舔舔肚皮，舔舔猫腿，眼睛眯着，很安逸的样子。大白猫从来不在家里拉屎，即使在冬天，它也会跑到室外，用前爪刨个小坑，蹲在上面拉屎，拉完后，再用前爪把土拨进坑里，掩盖好。我用树枝把它刚刚掩埋好的土拨开观察过：猫的屎像药丸，黑乎乎的。

春天，麦地里的小麦长得齐腰高了，只要下雨，能在地里捉住好多刚刚领窝①的小鸟，有麻雀、黄雀，还有斑鸠。小鸟的翅膀沾上水飞不动，躲在麦地里，很容易被捉到。我捉到小鸟，喂给大白猫吃，祖母看到后，责怪道："这鸟也是个生灵，可不能用来喂猫！"

自此，我不再刻意去捉鸟，即使偶尔捉了鸟，也不过是抓在手里玩一玩，随后就放飞了。

大白猫自己会抓鸟。

西耳房的屋角处有两根电线接进屋来，电线上时常落满了麻雀。有一天，我看见大白猫伏在屋檐下的山墙顶上一动也不动，那样子跟它守在鼠洞旁等着抓老鼠的样子一模一样。一会儿，三三两两的麻雀落在电线上，"叽叽喳喳"地叫着，有几只麻雀还把头伸进翅膀下面挠痒痒。突然，大白猫一跃而起，向麻雀扑去，准准地咬住了一只，紧接着尾巴一摆，身子一扭，

---

① 领窝：当地方言，小鸟学会飞翔的意思。

前爪朝地，轻轻地落在院子里，顺着墙根跑了，只看见麻雀的一只翅膀露在猫嘴外。

附近的人都知道我家的大白猫敢吃蛇，会抓鸟。

老燕子每年只孵一窝小雏燕，小雏燕出壳后，老燕子整日忙碌，不停地捉虫子喂小燕子。小燕子的羽毛渐渐丰满……小燕子要领窝了！老燕子离开巢，落在墙头，看着小燕子。小燕子用爪子紧抠着燕窝边，不停地"叽叽叽"地扇动翅膀。

母亲说："燕儿子快要领窝了！"

小燕子每天只要吃饱肚子，就抓住窝沿不停地扇动翅膀练习飞行。约十天后，小燕子要正式飞行了，起初只能飞到燕窝旁边的墙上，慢慢地飞到晾衣服的铁丝和院子里的杏树上，最后能飞到院墙外面的电线上了。这样的飞行训练，得花大概一周的时间，老燕子在一旁一直不停地叫着，像是在鼓励小燕子。

有一年，小燕子在巢边练习飞行时，大白猫悄无声息地爬到门框顶上，纵身扑向一只雏燕，逮住后，躲到墙根下吃掉了。那天不知从哪里来了一大群燕子，黑压压地落在墙头，叽叽喳喳地叫了一天！母亲说，那是老燕子和它的同伴们在骂大白猫呢！大白猫为此也被母亲关在厨房用笤帚把儿狠狠地打了一顿。从那以后，大白猫再也不敢捕燕子了。

在家里，大白猫来去自由，几乎没人限制它，我和小妹有时抱着它，捋捋它油亮柔软的白毛，听捋毛时发出的"嗞嗞嗞"的静电声，看毛竖起来的样子。那白色的毛，刚捋过后粘在一起，静电声过后，毛发张开，像"谷毛儿"草的绒毛一样散开。

有时我会让它蹲在我的肩膀上，架着它神气地走来走去。

大白猫蹲着时像把大茶壶，小妹喜欢拿沙包逗猫玩。沙包在小妹的手里忽上忽下、忽左忽右地移闪，大白猫的前爪也跟着上下左右地试图抓住沙包，常常会把两只爪子一起伸出来抓沙包，小妹玩腻了，故意用沙包碰大白猫的脸，大白猫起初还用爪子抓一抓，脑袋躲闪几下，最后一龇牙，愤怒地"喵呜"叫一声转身跑掉了。

冬天，大白猫喜欢卧在炕上睡觉，两只前爪臂横着朝内弯曲，脑袋搁在上面，尾巴绕过后腿伸到脑袋的位置，身子低低地卧着，像一大团棉花，喉咙里发出"呼噜噜呼噜噜"的声音。祖母说，这是猫在念经。

有年夏天，连续几天都看不着大白猫，我和小妹房前屋后地找了好几遍也没找见，后来父亲在杂物棚里找农具时发现了大白猫，它已经死了。父亲说，它是吃了药死的老鼠后中毒而亡的。

我和小妹在小东沟水坝边，挖了一个深深的大土坑，把干涩涩的大白猫埋在里面，培了一个馒头大小的坟头，筑了一个矮矮小小的方院。

小妹那天哭得很伤心，我安慰她说我还会给她再捉一只大白猫。

四

表哥富宏是二舅的儿子，他偷偷地把他家盖醋缸的芦苇秆盖子拆了，做了两个鸟笼子，送了我一个。从看到鸟笼子的第一眼起，我就一直记挂着养麻雀，养麻雀对我来说一点儿也不难，骡子圈里就有麻雀窝，掏几只关在笼子里养着就是了。

骡子圈的麻雀窝里，每年都要孵好几窝小麻雀，我掏过这个鸟窝好多次，每掏一次，老麻雀总冲着我愤怒地叫，我心虚，慢慢地也就很少再掏麻雀了。而这一次，我掏麻雀是为了养着它们。

给黑骡子拌料时，两只老麻雀时常从鸟窝飞出飞进，鸟窝里清晰地传出小麻雀的叫声，我知道，小麻雀就在窝里面。

麻雀窝筑在骡子圈的墙缝内，它的正下方是黑骡子的食槽，食槽用土坯紧贴着墙砌筑而成。我带了一个小凳子，兴冲冲地直奔骡子圈，爬上食槽，把凳子卡在食槽里，站在上面，刚要伸手往鸟窝里面摸去。"呼"地一声，老麻雀从窝里面"扑棱棱"地飞了出来，惊出我一身冷汗！老麻雀飞到骡子圈外的树上，冲着骡子圈"叽喳喳"地叫着，我知道那是它在骂我。管不了那么多了！我把手伸进鸟窝，先摸着了巢边细软的茅草，接着摸到了里面的小麻雀。我判断，小麻雀不止有一只。小麻雀一下子不出声了，它们能感到危险来临，身子一个劲地往里缩，我的手指能感觉到小麻雀在发抖。墙缝实在太窄了，手每往里伸一点，即被墙缝卡得生疼。我尽全力用手指夹住了一只小麻雀的腿，再用力把手抽了回来，将揪出来的小麻雀小心地捧在手里：小麻雀的羽毛已经快要长齐了，它在我手里面不停地发抖，惊恐地盯着我，一声也不叫，细细的爪子都快要抠进我手心的肉里了。小麻雀的身体很烫，烘得我手掌里热乎乎的，我把它放在衣兜里，才发现手背上有好几道血印子。我顾不得疼痛，如法掏出另一只小麻雀，装在另一个衣兜里。我再次把手伸进麻雀窝里，没摸着其他的小麻雀，这才收手。

　　接下来的事情却让我一点也快乐不起来。我把小麻雀关在鸟笼里，放在门台上，它们没有像我想象中那样蹦来蹦去的，只是怯怯地挤在一起。我拿小棍子轻轻地碰了碰小麻雀，它们跳着躲在一边，仍是挤在一起。小妹说："别捅伤了小麻雀，它们该不是饿了吧。"小妹去厨房里拿出一把小米，把米撒在笼子里，两只小麻雀还是挤在一起，看也不看脚下的小米。我想小麻雀大概是不吃小米，要吃虫子的，便和小妹闯进菜地里，在白菜叶子上找虫子。我常常见到母亲摘菜时提起白菜的根，抖一抖，能抖下来好些绿色的虫子，鸡群只要看到母亲摘菜，总会围上来吃虫子。菜地里的白菜叶子上有好多虫眼，可叶子上并没有虫子，虫子怕光，白天它们躲在菜心里。我掰开叶子，寻遍了叶子缝隙，才找到了几条青虫子。我把虫子捂在手里，拿去喂小麻雀，那虫子比小麻雀的小尖嘴都要粗，小麻雀依旧不搭理嘴边的虫子。我把虫子掐成两半，小麻雀还是呆呆地站着，看也不看嘴边的虫子。小妹说，该不是虫子太大的缘故吧，想是米缸里的米虫子小麻雀才会吃。我和小妹在米缸里寻了好久，找出了几条米虫子，可小麻雀依旧视而不见。祖母看到了鸟笼子里的小麻雀，对我说："茂娃儿还挺能耐的，都养起麻雀了！"

"麻雀脾气大，生人捉住后它是宁死也不吃东西的！"

"兴许，那麻雀是怕人，你们不在了，它可能要吃的。"

祖母接连补充道。

听完祖母的话，我把几条米虫子放在鸟笼子里的酒瓶盖里，将鸟笼子挂在杏树上，我和小妹躲在厨房里，隔着门缝看。小麻雀依旧挤在一起，动也不动，什么也不吃。

两头小猪崽在杏树下悠闲地吃着掉在地上的青杏子，它俩的胃口极好，除了睡觉，嘴巴一直在不停地吃东西。一阵风吹过，杏树叶子发出"哗啦啦"的声音，我突然觉得无趣和恼怒，朝着它俩扔了一根玉米秆过去，其中一头小猪崽被打中了，"吱扭扭"地叫着。于是，两头小猪崽都吓得跑掉了，杏树下又只剩下满地的青杏子。

两只麻雀从天而降，落在杏树旁的墙头上，"叽叽喳喳"地叫着，我听到了小麻雀"叽叽叽"的回应声！它们是骡子圈里的两只老麻雀！麻雀父母找到了自己的孩子，落在墙头上呼唤着小麻雀，小麻雀在笼子里拍打着翅膀，兴奋地回应着。两只老麻雀接着飞到了杏树上，小麻雀叫得更欢了，一只老麻雀从杏树上落下来，抓住鸟笼子底座，拍动翅膀，让身子保持平衡，试图把脑袋伸进去，却被鸟笼子卡在外面，只能把尖尖的嘴伸进去，笼子里的两只小麻雀更兴奋了，围着老麻雀的尖嘴，激动地叫着、跳着。

一只老麻雀飞走了，另一只飞回到杏树上，不一会儿飞走的老麻雀飞回来了，剧烈地扇动翅膀，用爪子抓住鸟笼子底座的芦苇秆，给笼子里的小麻雀喂虫子吃！我和小妹惊呆了！

祖母也看到了，说那是老麻雀在给小麻雀渡食。

从那天开始，无论刮风下雨，只要在白天，两只老麻雀轮换着不停地给小麻雀喂食，院子里的杏树成了它们的新家。

这样的光景过了有十来天，父亲说，小麻雀和小燕子一样，要领窝了，该放了它们了。

我打开笼子门，躲在一边看，小麻雀并没有飞出来。我躲在厨房里，一只小麻雀探出头来，展开翅膀试图学着老麻雀的样子飞起来，却掉落在地上。墙头上两只老麻雀不停地叫着。小麻雀张开翅膀，又飞了起来，不过只是低低地飞了一小截儿距离，又落在院子里。另一只试图从鸟笼子里飞到墙头上，可没有飞上去，却撞到了墙上，也掉落在地上。两只老麻雀从墙头落在地上，一个劲儿地叫着，小麻雀扇动翅膀继续起飞，跌跌撞撞地在院子里低低地飞起，落下，落下，再飞起，持续了大概有半个小时。慢慢地，小麻雀飞得越来越高，越来越远，终于能飞上墙头了。麻雀一家在墙头上待了一小会儿，老麻雀先飞上院子外的白杨树，两只小麻雀也跟着飞上了白杨树。麻雀比燕子要硬气得多，只需要一会儿就学会了飞翔，又或许是它们在笼子里已经练习过飞翔了，放出笼子后，只要在户外练习一会儿便可像老麻雀一样飞了。

小麻雀飞走了，我收起了鸟笼子，接连好几天，心里空落落的，脑子里满是麻雀"叽叽喳喳"的叫声。

下了几场雨，杏树上的杏子越长越大，树叶也越来越密，青杏子的皮色微微泛黄，而杏瓤已经是软软的金黄色，杏子已经开始成熟，可以吃了。我时常想，那两只小麻雀也该长大了吧，它们的新窝筑在了什么地方？

五

杏树旁边有棵香水梨树。杏子下来后，香水梨吃起来依旧是柴柴的①。

有好几天，一只喜鹊般大小的灰鸟在香水梨树上"沙——沙——沙"地叫着，一只个头有麻雀大的小鸟围着那大鸟徘徊。起初我并没太在意，后来才发现，小鸟竟是在给大鸟喂食！每当小鸟叼着虫子飞回香水梨树时，那只大鸟便抓着树枝，扇动翅膀，"沙——沙——沙"不停地叫着，树枝也随着翅膀的振动不停地晃动！大鸟张大嘴，小鸟奋力扇动翅膀，悬浮在大鸟的正前方，就像在空中加油的飞机一样。小鸟瞅准机会，一伸脑袋，把嘴里的虫子喂给大鸟。每次喂虫子，我都担心那大鸟不小心把小鸟的脑袋吞进去！

父亲说，那大鸟是杜鹃，小鸟是斑鸠，杜鹃把蛋产在斑鸠的窝里，它自己却飞跑了，把孵蛋的活儿留给了斑鸠。斑鸠不光要负责孵化杜鹃的蛋，还要给孵化出来的小杜鹃喂食，一直把它喂大。

———————————————————

① 柴柴的：当地方言，果实干涩涩的状态。

杜鹃一直守在香水梨树上。晚上，它藏在香水梨树密密的枝叶里；白天，早早地起来叫唤，一会儿飞到这根树枝，一会儿飞到那根树枝。我一直想凑近看看这只杜鹃，父亲告诫我不要靠近它，会惊跑了它。斑鸠每天早早地飞来喂杜鹃，杜鹃的食量很大，斑鸠不停地觅食回来喂它，一次喂食常常要持续一两个小时。这样的日子整整持续了一个半月。杜鹃飞走了，斑鸠也再没飞回来。我接连等了好几天，它们一直都没有出现过。

香水梨树的粗大树枝上，挂着大姐用尼龙绳编的一个简易吊床，小妹把她的那个祖母做的布老虎放在里面，唱着歌谣，哄布老虎睡觉。

"沙沙沙，鸟鸟飞来了。沙沙沙，鸟鸟飞走了！"

这是祖母哄孩子睡觉时的歌谣。

六

母亲每年养两头猪，一头杀了自家吃，一头杀了卖钱。

有一年，母亲先后捉①了两头黑猪崽，分别起名大猪和小猪。大猪比小猪大不了多少，也是一头猪崽。

猪崽是散养的，白天它俩四处游荡着找东西吃，吃掉落在地上的杏子和梨子，吃晒在门台上的胡萝卜干，甚至跑进屋子里，咬开面袋子偷吃面粉。母亲让我把它俩赶出院子，两头小

---

① 捉：当地方言，买的意思。

猪崽钻到长满杂草的水渠里，吃渠里面的苦苦菜和其他野菜，或者拱开地面，找蚯蚓吃。中午和晚上，两头猪崽按时回家，母亲拌一脸盆猪食给它们吃。傍晚，两只猪崽吃完猪食，关在猪圈里，第二天早上，再放它们出来。

每天晚上，两头猪崽都会准时回家吃食。

有一天很晚很晚了，两头猪崽迟迟不见回家。母亲很着急，打着手电出去找了好几趟也没找见，在屋子里坐卧不安。

"吱扭扭"一声，门开了，小猪跳了进来，浑身泥乎乎的，却不见大猪。小猪很急的样子，冲到母亲身旁，一个劲儿地用嘴拱母亲的脚，拱了几下后掉头跑出屋子。母亲忽然明白了什么，带上手电，唤上我和二姐，紧跟着小猪往外跑，小猪一路狂跑，跑着跑着还不时地回头张望，看看后面的人。

到了一条水渠边，我们发现了在水渠泥坑里挣扎的大猪，它大半个身子陷在泥水里，前蹄硬扒在坑边，脑袋露在泥坑外面。母亲让我打着手电，她自己蹲下去，俯身用双手分别抓住大猪的两只耳朵，把它从泥坑里提了出来，母亲顾不得大猪身上的泥水，抱在怀里回到了家。

还有一年，母亲捉了两头猪，一头是白猪，另外一头全身长着红褐色鬃毛，叫它红猪。红猪是前半年捉的，白猪是后半年捉的，红猪比白猪要大一些。

这两头猪也是形影不离的，尽管有时会因抢吃猪食而互拱不休。

年底时，红猪养肥了，该杀掉了。父亲请镇子上的祁华来杀猪，祁华杀猪干净利落，是出了名的"杀猪手"。

那天早上，父亲叫来三叔、六叔和其他几个邻居帮忙，我们几个孩子围在周围看热闹。父亲和几个大人跳进猪圈，把白猪赶了出去，只留下红猪。父亲拿着背斗，把背斗口对准红猪，试图用背斗罩扣住红猪，然后其他人再来抓它。那红猪机警得很，灵巧地躲闪，父亲根本无法靠近。无奈，母亲拌了一脸盆猪食，"啰啰啰"地叫着，呼唤警惕中的红猪来吃食，趁着它吃食的机会，父亲用背斗罩住了它，几个大人抓住红猪的四条腿，把它抬出猪圈，按倒在猪圈旁的空地上，祁华用根细绳紧紧地捆扎住猪嘴，准备杀猪。

这时，白猪疯了一般冲过来，直扑向被按在地上的红猪，父亲让我们一群孩子轰赶白猪，可任凭我们怎么轰它，白猪毫无惧色，不停地冲击人群。几个大人来帮忙，用棍子打，用石头砸，大声地吆喝着，把白猪赶到远处，尽管如此，一有机会，白猪就朝红猪的方向不停地冲击。只要它冲过来，一群人就轰它，打它。

红猪被杀死后，大人们扯着猪腿，把它投进装满开水的大铁锅里烫毛，烫完后，再抬到"木耱①"上开始拔毛。这时，白猪又一次冲过来，冲向人群，大声嘶叫着，横冲直撞，还张嘴咬人！

母亲在大门口目睹了整个过程："早知这样，今年这红猪就不杀了！唉！连畜生都活得这般有情有义！"

---

① 木耱，用藤条编成的长条形农具，用来耱地。

第四章

一

骡子圈里圈着黑骡子。

黑骡子的四条腿挺拔修长，毛色乌黑发亮，两眼明澈光亮，总是一副鲜活灵动的样子！母亲常赞叹说："真是个小伙子！"

土地下放后黑骡子分给了我家。它还在生产队时，因为腿长力气大，人起绰号"长腿"。母亲说，黑骡子在生产队里犁地、种地、驮垛、打场、拉碾子都是最好的，那时的黑骡子多是分配给队上有头有脸的人去干活，母亲做梦都想让黑骡子帮她拉一次碾子，可分到的总是那头蔫蔫的黑毛驴，拉碾子时母亲还得在一旁帮着推碾杆。那毛驴拉碾子时总拉屎，弄得脏兮兮的，闹心得很！土地下放那年，各家抓阄分队上的牲口，当队长宣布母亲抓到的是"长腿"时，母亲当时只觉得脑袋"轰"了一下，脸上热辣辣的，像是有很多蚂蚁顺着脸往头顶爬，整个人像在飘似的！忽然又觉得身上有使不完的劲！那天晚上，

85

母亲给黑骡子的夜料里面加了不少的麸皮和黑面。在那个年月里，黑面是人的口粮。

我每天牵着黑骡子去腹泉给它饮水，中午和傍晚各一次。黑骡子是很机警的，听到我的脚步声，早早地就扭头，黑黝黝的大眼睛望向圈门，我打开圈门，解开拴在食槽旁柱子上的缰绳，牵着它朝腹泉走去。黑骡子的腿真长，站在它面前，我的个子还不及它的前腿高。大姐说，我牵骡子时就像个蹦跳着的大线陀。从家到腹泉，先要走过家门口南北向的张家巷，巷子的尽头与镇子东西向的大路相连，路口左拐不远处，就是腹泉。张家巷子旁是条水渠，只有浇地时才会有水，水渠里长满了杂草，开满各色的野花，黑骡子不走小路而是直接走在渠道里，也不着急去喝水，而是低下大黑脑袋吃草。黑骡子口轻、嘴壮，灵活地甩动嘴唇把青草揽进嘴里，或"噌——噌"，或"噌——噌——噌"地咀嚼，大口吞咽。母亲说，黑骡子吃草像个大小伙子，三嚼两咽的。

我把缰绳搭在黑骡子的背上，任由它吃草，自己在水渠旁的地埂上找野茄子和野枸杞吃。野茄子是种深紫色的小浆果，长成一小把一小把的。我将野茄子连根拔起，揪下果实自己吃，把枝叶喂给黑骡子吃。黑骡子看到我手中的枝叶，迅速地把大黑脑袋伸过来，咬住枝叶，一甩头，便叼了过去，几下子就吃完了。黑骡子吃过青草后，嘴唇泛着浅浅的绿色，我吃完野茄子，嘴唇黑紫黑紫的。渠边长着"梭罐儿"。"梭罐儿"两头尖，中间鼓，有大拇指大，咬开后，会渗出白色甘甜的乳汁。在水渠里，它算是个稀罕物了，不过在小东沟的野地里，会有成片成片的"梭罐儿"，摘掉一茬还会再长一茬的。我没有把"梭罐儿"连根拔起，而是堵在一旁，防止黑骡子吃掉。我要等着它再长出"梭罐儿"来。小路的两旁长满了马莲草，一直延伸到大路口，五一节前后，马莲花开得正好，蓝色的花从浓密的叶丛里冒出来，肆意开放，高低错落，给小路染上蓝色的花边。我拔了几片马莲花叶子，编了一个"铁老鼠"，这是祖父教我的。有一次我感冒时，祖父用马莲叶子编了一个手指粗的桶状小玩意哄我玩，说它叫"铁老鼠"。祖父让我把食指塞进去，他把那"铁老鼠"的"身子"紧了紧，任凭我使劲，怎么也抽不出来。我打算拿新编的"铁老鼠"回家逗小妹玩。

水渠旁的草丛里，有各类蚂蚱，有种叫"推磨驴"的大青蚂蚱，有成年人的中指那么长，抓住后，吐点唾沫，在地上和块泥巴，糊住它的眼睛，"推磨驴"会原地打转，像头拉碾子的毛驴。

黑骡子吃它的草，我吃我的小野果，我玩我的"推磨驴"和"铁老鼠"，两不相扰。

傍晚，落日染红大半个天空，漫天的云朵一团团地用细细的云丝儿系连着，橙红色的云朵，像是母亲出嫁夹袄上的橙红大团花，像是母亲用红红的辣椒油拌好的一大盘荞麦粉儿，像是母亲秋天里晾晒在院子里的蒸熟了的胡萝卜。阳光透过云层，打在炊烟中玉兰镇的房子、树木和庄稼地里，也打在黑骡子的身上，我看见它的大眼睛里闪烁着金色的光芒。

黑骡子在水渠里吃草叫"溜渠"。"溜渠"结束了，也就到了巷子与大路的交叉口。我取下缰绳，轻轻地牵着，退到黑骡子的身后。黑骡子走路稳稳的，一条前腿迈开大步，身体前移，斜向的后蹄紧跟着走到前蹄脚跟处，另一条前腿再向前迈步，另一条后蹄随着身体前移紧跟其后，前后蹄依次循环行进，伴随着的是均匀沉稳的"哒哒哒哒"的蹄子击打地面的声音。我和黑骡子走到腹泉边，黑骡子两条前腿伸进泉水里，身体后倾，再抬起一条前腿，另一条前腿斜立着，低下头，嘴巴浸入水里，大口大口地喝水。说是喝水，其实它是在"嗞——嗞——嗞"地吸水，于是，一团一团鸡蛋大小的水团被它吸到肚子里。黑骡子很能喝水，下大雨时，去不了腹泉饮水，母亲提一大桶水给黑骡子喝，它能把那桶水喝完！

我站在一边，掏出口袋里的"梭罐儿"，拿起顶大个的一个放到嘴里吃，黑骡子趁我不注意，从我展开的手里一伸嘴卷走好几个"梭罐儿"，黑骡子经常像个小孩子一样调皮！我并没有恼怒，用手轻轻挠它的耳朵根，这是它最享受的事情，黑骡子把头低得低低的，用大脑袋紧贴我，我把它的耳朵，连同整个脑袋都细细地挠了一遍，指头每次挠过它的脑袋，脑袋上会出现一条淡淡的"白线"。那是沉积在毛下的皮屑被翻了上来，再顺毛一捋，那"白线"便不见了。

晚上，我们要给黑骡子拌夜料。拌夜料所用的"衣子^①"

---

① 衣子：当地方言，小麦麦粒的外壳。

堆放在与厨房后墙连着的简易棚屋里。先用箩筛旋出"衣子"里面残留的麦秆,拣掉"衣子"里的土粒,旋干净后装入背斗。旋满多半背斗后,背着到骡子圈倒入食槽,回家取一脸盆麸皮和一脸盆水,用水拌湿"衣子"后把麸皮掺入,拌匀,拌好的夜料有种清爽的麦香味。拌料时,如果黑骡子恰好关在圈里,它总要把大黑脑袋伸过来抢着吃。农忙时,黑骡子干活很辛苦,母亲让我另掺入玉米面或黑面。有时忘了拌夜料,黑骡子会用前蹄不停地刨地,发出"咚咚咚"的声响,那声响,能传得很远。听到这声音,母亲会急急地大声责怪:"骡子料咋还没拌?你们一顿饭不吃都不行,骡子不吃能行吗?"

二

祖父说,秋末犁地,是为了让从地底下翻出来的土晒在阳婆婆①里,把土晒熟。父亲说,秋天犁地是为了让土壤疏松,破坏土壤的毛细功能,让土地更能保墒,同时,阳光可以加快土壤里矿物质的分解,使得土地更加肥沃。祖父讲话像太太讲话一样,让人听完就懂;父亲的话,是他从县农业学校里学来的,我后来才弄懂。

水地秋收后靠人力用铁锹翻地,旱地靠畜力犁地,我家的旱地皆靠黑骡子耕犁。黑骡子犁地走直线,这本事在满玉兰镇

---

① 阳婆婆:当地方言,太阳光的意思。

的牲口里最有名气。它和那头调皮的"野狐子"配对犁地，靠着身上的套锁强扯着东张西望的"野狐子"能依着地沟端端正正地走出一条直线来。"野狐子"是邻居刘叔家的枣红马，鼻梁上有一道竖向的黑色条纹，白脸颊，黑眼圈，长得像只狐狸。玉兰人把狐狸唤作"野狐子"。

　　大东沟里我家的旱地在山的背阴面，地里通常种土豆和胡麻。秋天收完土豆，我和父亲赶着黑骡子和"野狐子"去犁地。父亲犁地累了，让我学他的样子手扶着犁把儿犁地。我双手扶着犁把儿，父亲在身旁扯着缰绳吆喝着，赶着一对牲口行进。地底下的泥土顺着犁铧面簇拥着均匀地冒了出来，那些冒出的泥块，刚出犁铧面时，还是一整块凸涌着，当冒出有手掌面高时，塌落下来，碎成小块，像是翻涌着的泉水。新翻出来的泥土里混有庄稼和各种野草的根，这些根系被犁铧扯断后，封存在里面的香气溢出来，和着泥土的味道，清凉凉地渗进人的心肺里。这样的时候，我会想起太太墓穴里泥土的味道。

　　在种过土豆的地里犁地，会翻出来残留在地里的土豆，它们深埋在地下，仍然是新鲜的。我拔下几束丝葫芦长长的叶子，搓软了，拧成草绳儿扎紧放在地头边父亲外套的两个衣袖，做成两个简易的布袋，一前一后地搭在肩头，跟在父亲身后，把翻犁出来的土豆捡起来装在"布袋"里。地头边上，我用铁锹挖出一个大土坑，再从四处捡些干透了的粗粗的"猫刺儿"根和其他草根，堆放在土坑里，垒放成一大堆，点燃柴火，火苗蹿得老高老高，火焰里满是冲天的火星，等大火烧尽，剩在土坑里的是火红炽热的木炭，挑一些土豆扔进去，在上面铺层厚厚的香蒿草，其上再盖一层火红的木炭，最后用土封住土坑。半小时后，挖开土坑，小心地用棍子拨出炭灰里面的土豆，土豆已被焖得沙沙软软，剥去皮儿便可以吃了，焖熟的土豆里留有香蒿草的味道。这个时候，父亲唤停牲口，歇息一会儿和我一起趁热吃土豆。我把一些犁铧割破了的土豆扔到牲口旁边，黑骡子和"野狐子"抢着吃。

吃完焖土豆，我有些困了，在地头摊开鞍替子。鞍替子是垫在牲口背上的一块厚厚、重重的垫子。我把外衣脱下来铺在鞍替子上，躺在上面眯着眼看幽蓝幽蓝的天。山风吹过，有些凉意，我索性从身子底下抽出衣服裹在身上。耳旁的草丛里有各种虫儿在轻声鸣叫，已近秋末了，它们的叫声已不再像夏天那么热烈。它们在阳光下的日子已不多，很快就要钻入地底下冬眠。一只褐红色的甲壳虫爬到我手上，它叫金牛，嘴巴像钳子，能轻松地撕碎蚂蚱和大黑蚂蚁，捉它如果不小心被咬住手，钳子可以把手指咬破！我一甩手，把它扔了出去。头顶上方，一群红嘴雁飞过，"溜绣""溜绣"地叫着，像是在叫着"刘秀"。祖父说，红嘴雁的红嘴巴是有古经①的：当年光武帝刘秀被敌兵追杀，逃藏在树洞里，敌兵追来，天上有群雁告发刘秀，盘旋在树洞上空，"刘秀""刘秀"地叫，吓得刘秀只能钻出树洞，继续逃亡。后来刘秀当了皇帝，恨极了这种黑色的雁，便拧碎

---

① 古经：当地方言，故事的意思。

了它的嘴，血染红了嘴，鸟嘴就这么一直红着。

躺在地头边，我睡着了。

耳畔一阵"扑腾扑腾"的声音惊醒了我，几只大黑乌鸦正在抢食土豆皮，它们互不相让，用嘴啄，用翅膀击打对方，全然不顾旁边躺着的我。这群乌鸦就在我的身旁！我悄悄地起来，猛地冲过去，手都碰到那只乌鸦的翅膀了，可它发现了我，连头都不回，拍动着翅膀飞走了，只有翅膀扇起山里的风留在耳畔。

对面山的石崖上有几处浓烟升起，我知道准是放羊的三娃子点燃驴粪熏藏在石洞里的野狐子。我放骡子时见过那只野狐子，它背上和侧腹的毛全掉光了，只有肚皮下稀稀拉拉地吊着几块毛，像毛毡子一样。它一点也不怕人，在不远不近的地方盯着我看，我撵它时，它才不紧不慢地逃跑，我停下来，它也跟着停下来。王老汉说，野狐子是最聪明的，它知道自己夏天的皮毛不值钱，人们不会伤害它，见到人总是爱跑不跑的，若是冬天身上长满火红浓密的毛，只要远远地看见人，就会飞一样地逃离。在石洞口，我见到过风干的白色粪便，里面有鸟爪子。王老汉说，那是"呱呱鸡"的爪子。我放骡子时和几个放驴娃也放火熏过石洞，曾想象着能从洞的另一端捉住熏出来逃跑的野狐子，可石洞根本不像炉筒子那样将驴粪燃起的浓烟吸进去，浓烟自由随意地在空旷的野地里升腾，而那只野狐子应是安详地躲在洞里面。

母亲在家里做好凉面，装在钢瓷盆里，盖好盖子，用大方头巾捆包好；母亲把滚烫的清油泼入捣好蒜泥的蒜窝子里，倒入醋和少许酱油，调成拌凉面的汁儿，装在瓶子里；母亲在菜园里摘些辣椒、茄子和西红柿，炒成菜，装入罐头瓶。母亲把这些准备好的盆儿、罐儿和两个大瓷碗一并装在帆布包里，让大姐背着去大东沟给父亲和我送饭。快到晌午时，大姐到了大东沟，老远就望见了山坡上旱地里的父亲和我，兴奋地大声呼喊着，背着重重的帆布包紧跑慢赶地跑过来。父亲让我去迎大姐，我冲下山坡，到了大姐跟前，抢过大姐肩上的大帆布包，掉头朝父亲奔去，没跑几下，已经累得气喘吁吁了。父亲早早地唤停了一对牲口，坐在地头摊开的鞍替子上，笑着看着我和大姐跑过来。

大姐走得急，唯独忘了带筷子，父亲拔了几根丝胡，去掉叶子，用丝胡杆做成三双简易的筷子，大姐只带了两个铁瓷碗，父亲拌好两碗凉面，他吃一碗，我和大姐吃一碗。父亲吃完一碗又吃了一碗，我和大姐吃完后也又拌了一碗吃，最后还剩下一些，父亲让我和大姐吃了。

拌凉面时，几根面条掉在地上，沾上了草枝和土。父亲捡起来，吹了吹，又拧开水壶盖，用水冲冲，直接放进嘴里吃了。父亲说起他当年和二姑讨饭的事儿。

一九六〇年，饥饿笼罩玉兰镇很久很久了。那时候，偏远山区农民的日子要好过些，农民自己偷偷开些荒地，给自家种些粮食，不至于挨饿。正是这个原因，镇子上甚至县城里的姑娘都乐意嫁到偏远的村子里去，为的就是能吃一口饱饭。胶泥湾就是这样一个偏僻的山村。

胶泥湾住着一位我们的本家，他家的粮食要宽裕些。过年的前几天，三祖父写了一封内容为讨粮的书信，让父亲领着二姑去胶泥湾的本家家里讨粮。那年，父亲十四岁，二姑十三岁。

父亲带了根藤条做的打狗棍，领着二姑出发了。胶泥湾离玉兰镇有近三十里的山路，一天可以走一个来回。一路上要经过好几个村庄，村子里的狗很多，专拣生人咬，父亲既要提防恶狗，又要保护二姑，便一手拿着棍子，一手牵着二姑的手，两人心惊胆战地走在一起。不料，村子里的孩子们却追着他俩嘲笑道："两口子，两口子！"

羞得兄妹俩只好分开走，走到没有村庄的路上，俩人再走在一起。路过张庄，俩人怕被张庄的孩子嘲弄，二姑走在前面，父亲跟在后面。突然，一只大狗冲出来，朝二姑扑去，将她扑倒在地，二姑还算机灵，趴在地上，捂住脑袋，任那狗撕咬。父亲见状，冲过去，抄起打狗棍照着那条狗猛抽，狗被打跑了，但二姑过年的花布棉袄却被狗撕破了。二姑从地上爬起来一个劲儿地哭。二姑不是被狗吓哭的，而是因为父亲告诉她花棉袄被狗咬破了才哭的，她是怕大人责怪。

父亲安慰了很久，二姑才止住哭，可经过惊吓后的兄妹俩，本来就饿着的肚子饿得更厉害了，二姑饿得都快走不动路了。父亲决定领二姑讨饭吃，连着敲了两家门都遭拒绝，敲到第三家，一位老妇人给了他俩一块黑面馍馍，两人千恩万谢地告别老人家，把一块馍馍掰成两半，每人吃了一半。

那天，父亲和二姑在本家那里讨到了一斗谷子，每人半斗装在米袋里，背回了家。

父亲讲完他的故事，把土坑旁一个焖熟的土豆递给大姐吃，大姐吃完后说比家里烤的好吃。

犁完最后几垄地，该回家了，父亲把鞍替子搭在黑骡子背上，备好鞍子，将铁犁具倒扣在鞍座里，用草绳把铁犁具牢牢地捆在鞍角，防止其掉下；父亲把装着土豆的帆布包也捆于鞍角，把缰绳盘在黑骡子的脖子上，让它走在前面，我们三个人跟在黑骡子后面。父亲牵着"野狐子"的缰绳，让它走在最后。父亲说，"野狐子"太调皮，路上会乱跑，得有人牵着它。

下山的路很陡，黑骡子背上的犁铧顺着下坡路往下溜，犁铧尖紧紧地斜扎着鞍替子，父亲在路旁拔了些草，捆成一小捆，塞在犁铧尖下，使其尖脱开鞍替子，硌不着黑骡子的肋部。黑骡子用前腿撑着身体，迈着小碎步走，抬腿时，弯曲的前膝几乎是蹦弹起来的，这山路可真是陡！快到大东沟沟底是一处陡坎，山路嵌在半坎之上，黑骡子身子紧靠着坎面，坎面几乎要碰到它的侧身，可那坎面总也碰不到它，我猜想它的毛发能感知身旁的障碍物。陡坎上的山路更为崎岖，黑骡子的步子迈得更小了，遇到路上凸起的大石块，黑骡子小心而自如地迈腿过去，蹄尖多是擦着石块而过。

路上，父亲讲起一件关于黑骡子走险路的事儿。

每年秋天，玉兰中学都会组织老师和学生去哈思山捡拾松塔，作为学校宿舍冬季生火之柴。家住在玉兰镇的老师会赶着自家的牲口，带上装过化肥的编织袋，给自家驮松塔。父亲赶着黑骡子，高老师赶着他家的青驴——一头毛色青白的毛驴。

　　干透的松塔并不重，装满编织袋后，学生用绳子系成绳圈，一端箍在编织袋上，另一端套在肩头，边走边歇，背回学校。赶牲口的老师把装满松塔的几个编织袋捆扎成垛，让牲口驮回家。返程时经过一处陡崖，名叫陈家崖，正路绕行于崖后，捷径为一羊肠小道，贴于半壁之上，大多数的牲口走正路，但也有胆子大的牲口敢走近道。那天，高老师家的青驴和黑骡子没有绕道，直走陈家崖的捷径，青驴走在前，黑骡子紧跟在后面。牲口背上的编织袋硬蹭着坎面，蹭划下来的大大小小的土块掉落到陡坎下的深谷里。这截路的尽头处是个弯道，弯道头凸起的土棱卡住青驴身上的松塔垛，把青驴困住了，进退不得。在这种窄窄的小路上，人根本无法走近青驴的身边，无法卸掉驴背上的松塔垛，围观的人群不敢出声吆喝，怕惊着青驴，只能屏神看着。青驴站在原地，歇足了劲，使出蛮力，试图冲出来，却被死死卡在陡坎的松塔袋挤出小路，掉下深谷，摔死了！走在后面的黑骡子停下来不走了，突然，它的后蹄"嚓嚓嚓"地开始倒退着滑动，太危险了！只要牲口的身体朝后退，说明它已胆怯，倒退起来就收不住脚了！收不住脚极易跌入山谷！没有退路，只能前行！跟在后面的父亲猛推黑骡子的臀部，嘴里大喝一声！黑骡子趁着父亲的推劲，一条后腿向前一步，用劲一蹬，前蹄奋起一跃，后背扬起，将背上驮着的垛掀掉，扑向路尽头的平地，稳稳地落在平地上，而身上的松塔垛却滚下深谷！

三

夏收开始了，整个镇子的人都在忙碌着。早饭只熬些稀饭，午饭通常不做，带些蒸馍或锅盔到地里吃。晚饭做得丰盛些，但也不过是给面条加个凉菜。

在玉兰镇上，水浇地见缝插针地挤在屋舍间，靠三眼泉水浇灌，收成稳定。水浇地每年种两茬庄稼，头茬种麦子，二茬种糜子。麦子收割完，赶紧回茬[①]，再种上二茬糜子。旱地在镇子外面的山里，每年只种一茬庄稼，种糜子、麦子、谷子、扁豆、胡麻或土豆。夏末秋初，水地的麦子最先成熟，再过半个月左右，旱地庄稼成熟，每年夏秋两季，整个玉兰镇都浸泡在汗水里。

水地的麦子分片成熟，哪片先成熟就先收割哪片，如蚕食桑叶般今天割一些，明天割一些，而越往后，麦子熟得越快，剩下的麦子会在一夜之间突然成熟，必须要抢时间及时收割完，否则，太阳晒爆麦穗，麦粒会掉在地里。旱地麦子不同于水地麦子，麦穗的口紧，太阳不易晒爆，可以等到小麦都成熟了，一并收割，说是收割，其实旱地麦子不用镰刀割，而是用手拔。旱地麦子长不高，加之麦秆细，用手拔更快些，所以叫拔麦子。初拔麦子的人，手指最易被麦秆硌破，手掌会磨出血

_____

① 回茬：当地方言，夏收结束后种第二茬庄稼。

泡来。麦子拔得久了，一是摸索出了攥握麦秆的技巧，二是手上磨出老茧，手也就不易破了。母亲拔麦子拔得最快，还拔得干净。拔麦子休息的时间，母亲常用手给我擦汗，她的手抚过我的脸颊，像沙石划过一样。

中秋节前后，旱地糜子成熟了。风调雨顺的年景，硕大的糜穗子沉甸甸地垂着，人见人爱。天旱之年，叶子干涩涩地圈成卷儿，稀疏干瘪的糜穗子朝天翘着，没有一点生气。

我家的旱地在林家窝子的一处山洼里，是个雨水汇聚之处，这块地几乎年年丰收，为此，父亲和母亲在地旁的山坡上挖了个窑洞，糜子快成熟时住在窑洞里看守着。丰收季里最怕麻雀和藏老鼠①，成群的麻雀能吃掉不少糜粒子；最可怕的是藏老鼠，它们跳起来咬糜穗子，咬断后，叼着糜穗子藏在自己的洞里，地里整片整片的糜子会被它们糟蹋掉。我曾见过王老汉挖出藏老鼠洞，洞内的储藏间足足有几个簸箕大，堆满了糜穗子。秋末冬初，镇子上专门有人挖藏老鼠储藏在洞内的糜穗子，用麻袋装着运往家里。

有的周末，父亲傍晚会领上我去林家窝子打老鼠，父亲在窑洞里铺上厚厚的麦秆，把马灯搁在窑洞侧壁的龛洞里，让我盘腿坐在麦秆上看书，他自己带上手电筒，绕着地埂，大声吼叫着，不时地把土块抛扔向地里，惊扰偷咬糜穗子的藏老鼠。这样看守糜子的日子要持续好几天，盼到糜子成熟，便可收割了。

---

① 藏老鼠：当地方言，一种田鼠，善于储藏粮食。

割糜子的前一天下午，父亲就已经开始准备第二天所用的农具了，所有的镰刀都用磨刀石一一磨过，用绳子捆在一起，装在编织袋里。扎垛的绳子也细细地检查了一遍。绳子必须结实，扎垛或路上赶垛时要是断了是很麻烦的。父亲让我把鞍子准备好，放在门台上。那是给黑骡子准备的，它第二天要驮垛。母亲把饭做好后紧接着蒸馍馍，准备第二天的干粮。

　　第二天凌晨，天黑黢黢的，母亲叫醒大姐、二姐和我，大妹和小妹年龄太小，不会割糜子，留在家里。我懵懂地到骡子圈里，牵出黑骡子，父亲给黑骡子备好鞍子，让它驮着农具、干粮和水，准备完毕，父亲带着我们摸黑朝林家窝子出发了。

　　星星像春天草地上散落的苦苦菜的花，微微地冲淡了夜色。月似钩，并没给我们带来光明，冷冷地挂在天空。清凉的风掠过我的额头，像感冒发烧时母亲抚过额头的手。我的睡意渐渐消去，机械地跟着大人朝前走。走出镇子的大路，拐入进山的崎岖山路，路边山体上的怪石和灌木在夜色里变幻成让人恐惧的形状。猫头鹰"咕咕喵儿，咕咕咕咕喵儿"的叫声冷不丁从空中袭来，让人心里瘆得慌。大姐拉着父亲的手，二姐拉着母亲的手，父亲让我拉着黑骡子的尾巴，这样走路省劲，还不害怕。黑骡子的步子坚定而有力，"哒哒哒哒"的蹄声徐徐击破夜色的恐惧，这黑夜中的蹄子声，像是太太哄孩子睡觉的歌谣，听着暖暖的。黑骡子尾巴上的毛粗而光滑，且极有弹性和韧性。我用它尾巴的毛做过套鸟的活扣套，放骡子时曾套到过几只斑鸠。黑骡子嘴里不时发出"吐噜噜"的声音，那是它的鼻子痒痒了，用嘴巴和鼻孔呼出的气流带动它宽大而厚实的舌头与上嘴唇抖动的声音。平时，我听到它发出这种声音，就用手在它的鼻梁上挠痒痒，黑骡子像个孩子，用鼻子紧贴着我的手，估计它是嫌我挠得还不够。

走完十多里的山路，到了地里，天刚蒙蒙亮，父亲卸下黑骡子身上的东西，让我把它牵到不远处的山坡上吃草。我牵着黑骡子到山路旁的坡地里，把缰绳盘在它的脖子上，让它自由吃草。我折回地里，拿起镰刀蹲下身子割糜子。

割糜子用镰刀是有技巧的，不能用镰刀硬剁糜子秆，而是要让刀刃微斜着，略带着一点朝胳膊外的劲儿切断糜子秆。割下来的糜子整齐地码放成一小堆，够一捆了用两小把糜子秆做个糜腰子①，把糜子捆成一捆。从割完留在地里的糜秆茬上能判断出用镰刀功夫的水平高低。糜秆茬低低的，紧贴着地面的，茬头是齐刷刷的斜切面的，准是母亲割的。

割完一趟糜子，东方渐渐亮起来了，太阳快出来了。一大团乌云低悬在东边的山顶上，留出一条不宽不窄的空隙，把山和云朵分开。渐渐地，那空隙越来越亮，云层的边缘浸染出一丝橘红色，乌云越发显得黑了，那空隙亮得愈加刺眼。突然，一道红光自空隙中迸射而出，紧接着，一团红色火焰跳跃出来，照亮了千沟万壑，光与影纵横交错，明暗相间，层层山峦瞬时变幻成了梦幻世界！晨光照在糜子地里，糜穗儿厚厚地挤拥在

---

① 糜腰子：当地方言，用糜子秆打结而成的捆糜子的系带。

一起，像是在哈思山的莲花峰顶看到的霞光中的云海。清风掠过，沉甸甸的糜穗儿前簇后拥着、翻滚着层层涌动，把金色的霞光折卷成了水浪，而我们这些在水波里的人，便是一朵朵浪花。我看见山坡上的黑骡子，它的影子一直延伸到地的中央。

中午，已经收割完地里近一半的糜子。一口气割了这么久的糜子，所有人都累了，围坐在糜子捆上吃干粮，喝水。我的腰已经直不起来了，把几个糜子捆铺在一起，索性躺在上面边吃边休息。父亲的草帽边全是湿湿的汗水印，母亲的头巾上落满一层潮潮的尘土，那是由汗水浸湿的，大姐和二姐的头发一缕一缕地贴在脸上，脸通红通红的。天上的云早就不见了，太阳热辣辣地烤着大地，天气真热！

休息了一小会儿，父亲说可以扎垛、赶垛了。父亲和母亲扎好垛，我去山坡上牵来黑骡子，备好鞍子，牵着它站在垛的侧面。父亲、母亲还有大姐和二姐分两组，于垛的两侧，蹲在地上，双手抓住垛底，肩膀紧靠在垛上，齐喊一声："一二，起！"垛被稳稳地搭放在黑骡子背上的鞍座里，这个过程叫搭垛。搭垛时，黑骡子自己把身子紧靠在垛边，这样搭垛更容易些。重重的糜子垛搭在黑骡子的背上，黑骡子只是轻轻地晃动了一下，便稳稳地站在原地。

赶垛前，父亲反复交代我："走在路上，万一垛偏了，找个路旁有高地的地方，喊停骡子，人站在高地，双手抓住单侧偏高的垛，使劲往下拽，再到另一边，用肩膀扛住垛底，往上拱，这样两边的垛就一样高了。"

"看到有汽车过来，远远地把骡子牵到路边的空地上，等汽车过去了再赶垛，咱家骡子怕汽车，容易受惊！"母亲补充道。

"茂平，你到家里，顺便把我晾在炕柜子把手上的手绢拿来。"

这是大姐的嘱咐，她的手被糜秆划破了，要用手绢包扎。我一一答应过，出发了。

一个水壶里还剩半壶水，母亲让我背着在路上喝。我在前面牵着黑骡子，父亲在后面赶着它，父亲把我护送出好远，又叮嘱了一番才返回地里。我一个人小心翼翼地牵着黑骡子，生怕它在路上乱跑，不时地返回去给它挠痒痒。黑骡子老老实实地行走在山路上，看到它如此温顺，我把缰绳盘在它的脖子上，我走在后面，赶着黑骡子前进。路过一片坟地，我有些害怕，跑到了黑骡子跟前，牵着它的笼头往前走，和黑骡子走在一起，感觉有了依靠，恐惧便很快消失了。走出坟地，我重新回到黑骡子的身后，继续赶着它往前走。走出林家窝子，前面是条宽宽的大河沟叫黄水沟，平时干涸无水，逢大雨时，沟内泥石流突发，时常有山里的羊被冲走。进入黄水沟前，要走一段陡峭的下坡路，黑骡子背上的垛直往前溜，我跑到黑骡子的脖根前，双手使劲朝后推糜子垛。这个方法是祖父教给我的，可以减轻糜子垛朝前溜的劲儿。我的个子太小了，力气也小，的确帮不了黑骡子多少忙。在黄水沟里，黑骡子身上的垛有点偏，我牵着它走到一块大石头旁，停下来，我站在大石头上，双手抓住偏高的糜子垛，使劲一边左右扭动，一边往下拽，接着跑到另一侧垛边，用肩膀朝上拱垛，反复纠正了好几次，才把糜子垛扶正。大石头旁是处沙地，里面长满马奶子草，这种草枝叶鲜嫩，弄伤它，伤口处往外渗淡黄色的乳状液体，是牲口最喜欢吃的草料。黑骡子自己往前走，我在沙地里拔了一小堆儿马奶子草，揽抱在怀里，跑到黑骡子前面，一只胳膊抱着草，腾出一只手一把一把地喂给黑骡子吃，黑骡子边走边吃，我边走边喂。

快出黄土沟时，在沟边的土坎上，一大片"羊角角儿"垂在坎面上，像豆角爬满了藤架子。这种扯着蔓儿的草，能结出形如山羊角的豆荚，故名"羊角角儿"。刚长出来的"羊角角儿"嫩而脆，吃在嘴里，甜滋滋的，还有股子奶味。我爬到坎顶，俯下身子，伸手扯起垂下来的"羊角角儿"，摘了些鲜嫩的豆荚，装在口袋里，带给守在家里的妹妹们吃。

走出黄水沟，是连接镇子的一条通行汽车的路。路上经常有车辆通过，我警惕起来，解下盘在黑骡子脖子上的缰绳，牵着它走。路上不时有汽车驰过，我牵着黑骡子远远地躲开，汽车经过时，黑骡子有些紧张，我一个劲儿地给它挠耳朵根，让它安静下来。路上，我碰见王老汉赶着他家的毛驴去旱地里驮垛，王老汉看着黑骡子，赞许道："啧啧啧！'长腿'的力气就是大，驮这么大的垛，走起路来稳稳当当，一点儿也不气喘！"

大妹和小妹在院子里老远就听到黑骡子的蹄声，跑出院子来迎接，俩人像冲出鸟窝的麻雀。我从口袋里拿出"羊角角儿"分给了她俩。黑骡子走到院子的中间停了下来，我让大妹牵着黑骡子，而我站在垛的侧面，一只脚蹬住垛，双手攥紧绳子，用力猛地扯开糜子垛上的活扣，只听一声"嘭"，压在黑骡子身上的垛掉了下来，我听到黑骡子吐出一口长长的气流，再摸摸它的背，湿漉漉的全是汗，浓烈的汗味儿直扑鼻子。大妹牵着黑骡子走出垛堆，我抽出扎垛的绳子，盘起来，系在鞍子上，把它拴在院子里打场用的石磙子上，去屋子里找到了大姐晾在炕柜把手上的手绢，叠好装在口袋里。

大妹和小妹央求着要跟我去林家窝子，我没让她俩去，她们太小了，走不了那么长的山路。牵着黑骡子，我朝林家窝子走去，路上专门拐到去眼泉的路上，给黑骡子饮足了水，给随身的水壶装满水。

返回到林家窝子时，大姐和二姐老远就迎上来，我把剩下的"羊角角儿"给了她们俩，把新灌的泉水递给了父亲。

从林家窝子赶垛，来回得花一个多小时，一天只能赶四五趟垛，人和牲口都极累，晚上给黑骡子拌料，要多加一盘玉米面。晚饭时，我吃了不少，肚子已经撑得鼓鼓的，可还是觉得不够饱。

四

成熟的庄稼靠牲口驮运或用架子车拉运回家，也可以捆成一大捆，由人背着往家里运送。离家近的田地，庄稼多是背回家的，我和姐姐背不动太重的庄稼，母亲让我们把"粮食件件①"扛在肩上运回家。

将运回家的"粮食件件"头朝上，根朝下，每两个扎成人字形相互立靠着，在院子里排成一行一行的，在太阳下晒干，叫扎件子。碰上阴雨天，把"粮食件件"头朝内，根朝外，码放成圆形的塔，叫"立角子"，体积小的塔叫"角子"，体积大的塔叫"摞摞"，大的"摞摞"可以码放得比房子都高。祖父"立角子"的手法很高超，雨水过后，只有顶部暴露在外面的几个"粮食件件"是湿的，其余的"粮食件件"露在外面的根部是湿的，头部全是干燥的，那些完全包在"角子"里的"粮食件件"，全身都是干燥的。不得"立角子"要领的人所"立"的"角子"，雨水会渗入"角子"内部，浸湿本来干燥的"粮食件件"，如果遇上连阴天，"角子"内部持续潮湿，"粮食件件"会发热发霉。发霉后的"粮食件件"黑乎乎，脏兮兮的。

"粮食件件"晒干后，便可以打场了。

麦子、糜子和谷子件件，因为秆茎长，得先用铡刀铡下头部的庄稼穗子，把穗子摊开在院子里打场。胡麻、扁豆之类秆茎短的庄稼，直接晒干摊铺后即可打场。

夏收期间打麦子，要和老天爷抢时机。麦子件件晒干了，要及时打场，否则，遇上雨天，要抢着"立麦角子"，天晴后，又要抢着把"麦角子"扯开。晾晒麦件子，每折腾一次，消耗人力不算，光是掉在地上的麦粒就要浪费掉好多。

---

① 粮食件件：当地方言，以庄稼的茎秆为系带，将收割下来的庄稼捆成便于携带、运送的小捆儿。如麦子的小捆叫麦件子，糜子的小捆叫糜件子。

张家巷子的几家人共用一把重重的铡刀，这把铡刀平时给各家养的牲口铡草料，农忙时铡场①，使用率极高。铡刀不在这家就在那家，如碰巧在房子后面的六叔家里，搬那沉沉的铡刀倒也不费事，最怕铡刀在巷子尽头的三祖父家里，我和大姐一前一后地抬着，中间要歇好几次才能抬到家里。

打场前一天，须根据天象预判次日的天气。"早烧阴，晚烧晴，中午烧②了害死人""半圆风，全圆阴"……这些古老的天气预测之法多是准的。预测到晴天，当日便准备好次日打场所用的农具。

第二天早晨将晒干的麦件子铡好，把铡下来的麦穗子摊铺在院子里，晒到中午后就可以套上黑骡子打场了。

黑骡子在生产队打场的时候，就是头链骡子③。生产队的麦场大得很，一次要铡掉几个大的庄稼"摞摞"，满场摊铺的都是铡好的庄稼穗子，套上三四头牲口同时打场。几头牲口排成一列，各拉一个石碌子，由一个人牵着牲口绕着场心打场，黑骡子总是排在第一个，领着其他的牲口打场。打场时，黑骡子的眼睛用眼罩遮住，这样便于打场人用缰绳指挥它转着圈打场，跟在它后面的牲口则不用戴眼罩，跟着黑骡子拉着的碌子跑就行。头链牲口是最不好当的，除了力气大外，得有灵性，该快的时候要快，不能挡着后面的牲口，该慢的时候就得慢下

---

① 铡场：当地方言，把粮食件件头部庄稼穗子铡掉的过程。

② 烧：当地方言，黑云和红云搅合在一起，极易出现冰雹天气。

③ 头链骡子：当地方言，打场时领头的骡子。

来，压着速度慢慢地跑。黑骡子打场从不拉粪便，等打完场，自己走出麦场后才拉出憋了很久的粪便。

我家院子里摊铺的麦穗子有黑骡子大半条腿那么高，人走在里面都很费劲，而黑骡子却能拉着重重的石磙子，在场上迈着碎步自如奔跑。

"滚磙不离边，滚磙不离心"，这是打场的诀窍：人站在场的中心位置，牵拉着牲口，让石磙的轨迹成一系列绕着场心的螺旋线，螺旋线的外边缘与场的外边缘重合，内边缘线则聚成一点，与场心重合。这需要人与牲口默契配合，更需要的是牲口的机灵劲儿，拐弯急了，磙子会滚出场的外圈，并且，拉磙子的绳子会磨伤牲口的侧身；拐弯缓了，磙子到不了场的外边缘，场边缘的庄稼穗子打不上，会把场打"花"了，这是打场所忌讳的。黑骡子打场时的小碎步跑起来后，每个步子，每次拐弯总把握得很好，它拉着的石磙子会很自如地滚出标准的螺旋线。

黑骡子打场中间不歇息，它拉着重重的石磙将场上的麦穗打遍三四漫①后，母亲紧跟在石磙子后面用铁叉把交织在一起的麦秆抖一抖，将夹在麦秆里的麦粒抖落下来。石磙将麦场再打三四漫，母亲将铁叉换成木叉，把磙子碾压后脱粒干净的麦秆刮去，堆在场外。如此循环三五次，麦场上的麦秆全部被刮走了，只剩衣子和麦粒混在一起。打场的最后一道工序是"压

---

① 漫：当地方言，量词，遍。

芒"，母亲用木锨将衣子从底下掀起，把底部的颗粒翻在上面，这叫"掀场"。母亲快速地在石磙碾压过的地方掀起衣子，黑骡子拉着磙子继续磙碾。"压芒"是为了将衣子里的麦芒碾压碎，扬场时，便于被风吹走，另外，给牲口拌成夜料，吃起来不扎牲口嘴。这样打碾三四遍，衣子里的麦芒被碾碎了，同时里面有些脱壳不全的麦粒也被打碾下来。"压芒"时，父亲让我学着打场，过过打场的瘾，我接过缰绳，黑骡子却不再小跑着了，而是走了起来。我顺着黑骡子的眼罩与脸之间的缝看见了它的眼睛，它一定也在看着我，而即使黑骡子看不见我，它也能从脚步声和说话声知道打场的人已换成了我。黑骡子不怕我，所以放缓了脚步，走了起来，它的确累了，我听得见它嘴巴喘着粗气的声音，猜想在眼罩下面的黑骡子准是皱着眉头的。黑骡子在劳累和委屈时，眼眶上会皱出几道细纹，我用手抚摸过皱纹，试图把它捋平展了，可黑骡子不理我，照旧皱着眉头，除非挠它的耳根，挠着挠着，它眼眶上的皱纹便不见了。黑骡子的汗从身上的毛里面渗出来，把毛粘结在一起，紧贴在身上，背上的汗结成汗珠，顺着一缕缕的毛尖往下掉。我没像父亲那样大声吆喝着赶着它跑，索性就着它的步子，让它走着拉磙子"压芒"。

"压芒"时已是下午，太阳不那么毒了，有凉风从院墙外进了院子，擦着杏树的边梢来到麦场，凉爽的气息在麦场上的我和黑骡子之间游荡。太阳斜照着麦场，也斜照着我和黑骡子。黑骡子在麦场上一圈一圈地拉着磙子走，蹄子踩在厚厚的衣子上，踢起一小团衣子，像泛起的浪花。此时，黑骡子的四个蹄子乌黑发亮，上面没有一点土，那是长时间踩踏麦秆磨亮了。家里的两只兔子被小妹从兔子窖里放了出来，它们跑到麦场上，兴奋地蹦来蹦去，那只胆儿大的兔子突然从黑骡子的肚子下跑过去，回过头来看另一只兔子，另一只兔子像是受到了感染，也快速跑过黑骡子的肚子，到了另一侧。两只兔子已经看惯了滚动的石磙子，不光不害怕它，反而绕着它跑，有时会跃起身子，后腿带动屁股翻扭一下才落到麦场上。几只鸡张望着，用爪子刨了几下麦场上的衣子，抢吃麦粒，被小妹赶跑了，过不了一会儿，它们又会来偷吃。屋檐下的鸽子窝里，鸽子睡醒了，探出头来，张望了麦场几眼，飞出去觅食了。

父亲捧起麦场上的衣子，两只手来回交换捧着把衣子扬起来，用嘴吹走衣子，留下麦粒在手中，看到麦穗壳已经完全脱掉后，让我唤停黑骡子，打场结束了。

我解开系在黑骡子头上的眼罩，搭在它的脖子上，父亲卸下磙子。我把黑骡子牵出麦场，走出院子，让它在门前的渠里撒尿。我取下搭在黑骡子脖子上的眼罩，把一个戴在头上，另一个垂在脑后，觉得自己像戏台子上的武将。

黑骡子的眼罩是祖母用两个废旧的草帽做的：剪掉帽檐，剩下帽顶，在帽顶上蒙一层布，用针线把布缝在帽顶，再用两根布条把帽顶连起来，最后缝好套在牲口耳朵和绑在脸上的两组布带，眼罩便做成了。眼罩的正中间，祖母用各种颜色的花碎布拼成老虎头或各种花草的图案。

五

暑假农闲时，我赶着黑骡子去山里吃草。我或是约好王老汉，让他带着我进山，或是约好几个孩子一起赶着牲口进山，若是约不上人，就一个人赶着黑骡子进山，在山里大多能碰见其他放牲口或放羊的人。

放骡子的地点有很多，我常去的有小东沟、大东沟和凤鸣湾，偶尔去葫芦沟。凤鸣湾里有太太的坟，每次赶着黑骡子去那里放牧，我都要到太太的坟院里去。我绕着太太的坟头走几圈，看看上面长的草和开的花，看看坟院后方石砌的土地神龛，看看坟头前石块拼成的供桌，有时会爬到坟院后的山包，看看周围的山，黑骡子就在坟院里吃草。太太曾多次骑过黑骡子。家在路庄的小姑奶奶有时会请太太去她们家住一段日子，父亲给黑骡子备好鞍子，鞍座上垫着厚厚的花棉布褥子，抱起太太，把她送入鞍座内。太太骑上黑骡子，父亲牵着黑骡子把太太送到路庄小姑奶奶家，过些日子，太太要回来时，父亲再牵着黑骡子去路庄把太太接回家。和黑骡子在太太坟院的时候，我都能想起太太骑着黑骡子的场景：花面褥子、横放在鞍前的藤条儿拐杖和太太笑眯眯的脸。

葫芦沟离家太远，要走十几里山路才能到，但我每年总要赶着黑骡子去几次。那里水草丰美，是个不错的牧场，也是我的乐园。葫芦沟的一头连着沙河，另一头连着哈思山的一处山脚，蜿蜒曲折，蔓延好几里路，在沟里走好久才能到达里面隐藏着的草场。葫芦沟在这里突然变得宽浅、开阔，绿油油的草地从沟谷底向两侧的坡地铺去，一直铺到坡顶的灌木丛边缘才结束。穿过草场便是葫芦沟的尽头，尽头处有大片大片的桦树林。这片桦树林是迷人的，尤其是在秋天，她像是身着盛装的母亲，骄傲地从蓝色的天际走来！缓缓的金风簇拥着母亲，轻轻地托起母亲长长的裙摆，柔柔地撩起母亲的金色发梢，母亲神秘的风韵里散发出明亮圣洁的光彩。在这样的世界里，美丽是母亲身上的明澈光芒，而宁静、善良、高贵是母亲的性情和感染力。

走过这片桦树林，再往山上走，白桦树渐渐稀落，松树多了起来，望不到边际。

黑骡子只要到了葫芦沟里的草地，便停下来不走了，一头扎进厚厚的草场里，像潜入水里的鱼，自由了！我也乐意看到黑骡子自由起来，把缰绳盘在它的脖子上，任它在草地上自在吃草。

草地中央有几条小溪流，它们由出山的大溪流分成几股而成，缓缓地，悄无声息地流过草场，最后渗入葫芦沟，不见了踪影；溪水是清澈冰凉的，有通体透明的小虾在里面游走，这种虾傻傻的，很容易被捉住，捉住后晒在草地里的石头上，看它们在石头上蹦跳，玩够了，把它们放回溪水里，看它们一个个"倏""倏""倏"地窜入溪底。溪流两边，有很多小个儿的蝴蝶或在飞，或栖息在水边，一会儿飞来了一只蓝蝴蝶，一会儿又飞走了一只黄蝴蝶，一会儿又落下一只酱红色的蝴蝶，这些蝴蝶个儿太小，我懒得捉它们，任凭它们或飞或落。草地上有黄刺玫花、马莲花和野石榴花在开放，引来成群的蜂子绕着花丛飞，这些山里的蜂子，大多是毛绒绒的，我没带空的玻璃瓶，却会笼着手，照着落在花上的个儿大的蜂子猛地呼去，把蜂子扣在手心里，用力抛在草地上，趁着蜂子在草地上晕乎乎挣扎时，用指头摁住，再捉住它。草地上有零星散落着的灌木，灌木枝上，时常会发现用细细的枝条垒成的精巧鸟巢和鸟巢里的鸟蛋。我曾把鸟蛋掏出来像扔石子一样抛到远处，还把这事说给小妹听，被母亲听到了。母亲责怪我说："好端端的鸟蛋，你摔破它干啥？那也是一条命啊！"从那以后，再发现鸟蛋，我只是凑近了看看，用手拨拉拨拉鸟蛋便走开了。溪流边的"冰冰吊儿"特别多，可以挖出好多，并且能挖出很多大个的。

黑骡子在这里吃草，不用担心它会乱跑，我却会跑到山上寻找野草莓，很快能找到长满野草莓的山坡：满眼是通红的野草莓，密密地、扑落落地①悬垂在枝上，一把可以揪下好多颗。我去掉草莓把儿，只顾着往嘴里塞，嚼在嘴里，发出"吧吧吧"的咬碎草莓籽的声响，不一会儿，嘴唇是红的，手也是红的了。山里有种叫"醋罐罐儿"的野果，长得极像马奶子葡萄，生长在一种高大的灌木上，枝条上满是扎人的刺，就像花椒树的刺一样。我找根长长的枯枝，把"醋罐罐儿"打落在地上，捡起

---

① 扑落落地：当地方言，果实硕大而密的样子。

来吃。成熟了的"醋罐罐儿"晶莹剔透，并不酸，是甜甜的味道。山里还有种叫"油瓶瓶"的野果，有小拇指指节长，样子像个梅瓶。熟了的"油瓶瓶"通体是油油的金黄色，果肉沙沙的、黏黏的，长在低矮的灌木上，很容易采摘，可它的核太大，只有一层薄薄的果肉裹在核上面。果肉最少的是"面蛋蛋"，看着通红诱人，却只是一层硬硬的皮包在果核上，几乎没有果肉。山丹花在向阳坡上生长，六七月里，结着伴儿地开花，母亲做臊子面时，用晒干的花瓣点缀在汤汁里，饭会格外香，不知其奥妙的人还以为是红辣椒皮。镇子里有人种百合，父亲说山丹花和百合属于植物的同一科类，我自己吃过山丹花的根茎，味道极淡，吃在嘴里沙沙的、黏黏的。

雨后，哈思山里随便什么地方都能采到蘑菇。大紫菇一片一片地长在一起，白菇散开了生长，最奇特的是红菇，它一圈一圈地排着队生长，且就数它的味道香。黑骡子喜欢吃蘑菇，我把摘来的蘑菇堆放在草地上，它自己用嘴揽卷起来吃。黑骡子吃蘑菇时，抬起头边咀嚼边看着我，它的眼眶上是舒展的，没有委屈时皱起的细纹，在它的眼睛里，我看到了我自己的影子。

在葫芦沟里放骡子，可以不带水，渴了就趴在溪水边，把嘴贴在溪流里喝水，有时看到黑骡子在溪边喝水，我也会忍不住趴在溪水边喝上几口。

在大东沟里放骡子，却是要带水的。大东沟里也有泉水，但只是小小的一股渗出来的水聚在一个小水坑里，水聚满溢流出来后又很快渗入地下，水里常有淹死的蝴蝶和蜂子，我极少在这里喝水。这里却时常有"呱呱鸡"来饮水，我和其他放牧的孩子经常埋伏在泉水边，试图能捉几只，大多时间却是等不着的。如是碰巧能等到一群"呱呱鸡"来喝水，几个孩子凝神屏气，等着它们靠近。领头"呱呱鸡"的脑袋机警地左右转动，探察危险，带着鸡群来饮水。随着鸡群越来越近，我能清楚地看到头鸡的眼睛和脖子上闪着的七彩油光的羽毛，等到它们离得很近了，我们大喊着冲向"呱呱鸡"，鸡群四散逃跑，我们拼命地追赶，鸡群飞快地逃跑，眼看要追着了，可突然不见了，消失得无影无踪，等我们悻悻地离开它们失踪的地方，却听见那里又响起"呱啦呱啦"的叫声。听王老汉说，"呱呱鸡"最会藏身了，它们躺在地上，用翅膀抱着土块挡住身体，隐藏自己。我在"呱呱鸡"消失的地方仔细找寻过好多次，试图发现躺着怀抱土块的"呱呱鸡"，却一次也没有发现过。

大东沟的"呱呱鸡"有很多，每天成群结队地在山里"呱啦呱啦"地叫，这也是诱惑我最常去大东沟放骡子的原因，我做梦都想捉只"呱呱鸡"。

在大东沟里只要听到"呱呱鸡"的叫声，我们几个放牧的孩子总会觅声追寻，追赶"呱呱鸡"。时常是这边追赶，那边堵截，几个孩子把一群"呱呱鸡"追逼到小山梁上，埋伏在山梁上的人冲出去捉"呱呱鸡"，可头鸡只要见到人，便展翅朝着山谷滑翔而去，鸡群也就跟着飞走了。

在大东沟放骡子的日子里，我天天在追逐"呱呱鸡"，却天天捉不着它们，父亲和母亲却捉住过一次"呱呱鸡"。

那天，父亲和母亲去大东沟犁完地回来时走在山沟里，在一大簇芨芨草下发现了一只"呱呱鸡"卧在那里一动也不动。父亲示意让母亲待在原处，他自己绕道到了"呱呱鸡"身后，两人前后合围，来捉那只"呱呱鸡"，本想它会逃跑，不料它却待在原地依旧是很安静的样子，母亲像捉鸡一样捉住了它。母亲拎起"呱呱鸡"的翅膀时，发现了它身体下的一窝蛋，原来，孵蛋的"呱呱鸡"不会离开窝。

关于捉"呱呱鸡"，有一个令人神往的故事。

三娃子的父亲在一个晚上，捉了两麻袋的"呱呱鸡"!

三娃子父亲在三娃子放羊前，一直以放羊为生。在三娃子父亲还是个小伙子时，有一天傍晚赶着羊群从大东沟回来，看见一大群"呱呱鸡"正在往一处土穴里钻。那是山洪冲蚀出来的一处弯弯的暗河河谷。他没有惊扰那群"呱呱鸡"，等到了晚上，约上他家的两个兄弟，带上手电筒和好几个铺炕的布单子来到土穴，一个兄弟拿着布单子堵住一个洞口，另一个兄弟用布单子堵住另外一个洞口，三娃子父亲钻进洞去，打开手电筒，照着满洞的"呱呱鸡"，轻轻松松地往麻袋里装，装满一麻袋，又装了一麻袋才装完。

三娃子父亲装"呱呱鸡"的故事很让我神往，每次傍晚赶黑骡子从大东沟回家时，我会留意是否有"呱呱鸡"群钻入土穴，却一直没有发现。我问父亲是否知道三娃子父亲捉"呱呱鸡"的土穴，父亲笑了，回答我道："那都是多少年前的事情了，那土穴怕早就被洪水冲毁了吧！"

而我一直在做着一个同样的梦，梦见自己捉住了好多的"呱呱鸡"，甚至在这种梦里祈愿一切不是梦。

小东沟里也有"呱呱鸡"，但没有大东沟里多。小东沟的山顶上有很多兀立的石崖，石崖上长有野葱和麻黄草。我把黑骡子赶到平缓的坡地上吃草，自己去石崖挖野葱和麻黄草，野葱的味道很呛人，生堆火，把它烤熟了再吃，便没了呛味。祖父说，麻黄是味中草药，将麻黄、杏仁、甘草和石膏石混在一起煮，可以熬成治感冒的"麻杏石甘汤"。这种汤剂我喝过，麻味、苦味和甜味都有，并不好喝，不过喝了它，感冒稀里糊涂地也就好了。每年我都要拔麻黄草，有时邻居家刘叔会向我要一些麻黄草熬药给他家的孩子喝。

有一次黑骡子吃草走远了，我找它时无意中发现小东沟阴坡上的几块豌豆地。我闯入地里，偷摘了些豌豆角兜在衣服的前襟里，逃到一个隐秘的小山沟里生了堆火烤着吃，从那以后，我经常在那里烤豌豆吃。

放黑骡子的几个地方，天是高的，云是低的，地是绿的，水是清的，它们或远或近地围在玉兰镇的周边，有的在镇子里就能看得到，有的隐藏在山的后面。在山里面，黑骡子是安然的，纯粹的，它什么活也不用干，它不像马会激扬嘶鸣，也不像驴子会粗鲁嚎叫，它一直不作声，像个哑巴一样，除了吃草还是吃草，回归到了骡子本来的样子。而在山里面，我也是自由的，想做什么就做什么：想去摘野果就去摘了，想去追"呱

116

呱鸡"就去追了，想烤豌豆就生火去烤了，所有的事情都由着我的性子，就像在一个长长的自如的梦里面，我想梦见什么就能梦见什么。

在这里，我把缰绳盘在黑骡子的脖子上还给它自由，它只要不跑到地里吃庄稼，就想到哪儿吃草都可以，我只是偶尔看看它吃草走到了哪里，即使有时看不见它，也不着急，它一定就在附近。

六

我问过三娃子关于他父亲捉"呱呱鸡"的事情，三娃子却说不上来，估计他父亲没有告诉过他。

三娃子没有上过一天学，很小的时候就跟着他父亲放羊，长到十一二岁时，接过了他父亲的羊群，一个人独自放羊。羊群不全是他家的，镇上有羊的人家把自家的羊伙入他家的羊群里放牧，我家的几只羊也是如此。

三娃子很小的时候就死了娘，母亲常常感叹："宁死个做官的老子，不死个叫花子娘。"

三娃子穿的衣服不是大了就是小了，鞋子总不合脚，反正就那样穿着，没娘的孩子也许就是这个样子吧。母亲每次看到三娃子，总要自言自语道："他爸爸也不让娃娃上几天学，将来成了睁眼瞎可咋办？"

三娃子比我大不了几岁，我很羡慕他，可以每天不去上学，不用早早地起来往学校里赶，也不用做作业，自由得很！不过在假期，我就有些同情他了，他要早早地进山放羊，而我则不用上学，经常可以睡到很晚才起来。特别是在过年的日子里，三娃子每天都要进山放羊，我觉得放羊真正是熬人。

我是在三娃子找父亲讨要放羊的工钱时认识他的。他的圆脸长得黑乎乎的，眼睛不大，却很亮很清澈，他是个"豁牙子①"，但不像镇子上"黄毛"媳妇的嘴唇一直裂穿到前门牙。

"表叔，我爸说家里要买把新铁锹，手头紧，让我要一下放羊的钱。"

他跟父亲说话一点儿也不紧张，估计是经常向别人讨要工钱的原因。他说话总是理由充分，即使理由明显是假的，别人也挑不出理来。

我在山里放骡子时才跟三娃子变得熟悉起来。玉兰镇周围的山没有他不知道的。哪座山里什么地方的草长得好，什么地方兔子多，什么地方有野狐子，什么地方有獐子，什么地方有石羊，他都能讲出来。父亲说，可别小看了羊把式，"县长通九州，羊把式通的是十州"。羊群是游走着吃草的，三娃子成天跟着羊群走，他熟悉玉兰镇的山，就跟他熟悉羊群里的每头羊一样。

三娃子的干粮袋里一直装着一袋干炒面和几个干馍馍，他只带一小壶水，因为他知道山里有泉水的地方。我和他一起吃

---

① 豁牙子：当地方言，唇裂之意。

过几次干粮，他随身带着一个铁瓷碗，把干炒面用水冲开，再泡上干馍馍，用筷子夹起来吃，吃完馍馍，端起碗来，几口就喝完了炒面糊糊，最后再倒些水，涮几下，把面汤也喝掉。三娃子吃得很香，我吃过他带的馍馍，酸硬酸硬的，没有母亲蒸的馍馍好吃。三娃子打摞片子打得极准，我见他打死过野兔，打死过比兔子小一些的田鼠，他把兔子带回家给家人吃，田鼠就在山里焖熟了自己吃。把田鼠的肚子用带尖棱的石头剖开，去掉内脏，拔一些香蒿草包起来，到山泉边和一堆泥巴，裹在香蒿草外面，做成一个泥巴块塞进火堆里，跟焖土豆一样把田鼠焖熟。我和他一起焖过田鼠，田鼠的肉细细、绵绵的，还有些香蒿草的香气渗入，的确很香。三娃子走在犁过的旱地时，脱掉鞋子光脚走。他是为了省鞋子。

三娃子喜欢唱秦腔，玉兰镇剧院的戏本子都可以唱下来的：

┄┄┄┄┄┄

战鼓咚咚催人魂，为整军纪坐辕门。

二十四将排班站，要斩宗保定不饶。

┄┄┄┄┄┄

这是三娃子在山顶上嘶吼《辕门斩子》，我想他一定把自己当成了杨元帅！

┄┄┄┄┄┄

啊嘿！啊！啊……

漫说你的驸马到，

龙子龙孙我定不饶。

在头上打去他的乌纱帽，

身上再脱蟒龙袍。

⋯⋯⋯⋯⋯

三娃子站在一处台地上，模仿戏台上的包青天在唱《铡美案》，三娃子的嗓音变得雄厚嘶哑，我觉得他比戏台上的包拯唱得还要好！

⋯⋯⋯⋯⋯

头一阵战败我弟兄八，

我大哥身替宋王爷家晏了驾，

我二哥钢剑染黄沙。

三哥马踩肉泥撒，

四哥八弟被贼拿。

六弟七弟保圣驾，

耳听山门念佛法。

罢罢罢红尘撇了罢，

撇红尘五台要出家。

浑身铠甲齐款下，

卸银盔打乱我头上发。

⋯⋯⋯⋯⋯

这是《金沙滩》中杨五郎的唱词，我很佩服他，那么一大段唱词他能顺顺溜溜地唱完，还能把唱词里的故事讲给我听。

我进山放骡子，只要碰巧和他在一个地方，总能听见他的秦腔，如离得近，一定要互相吆喝着聚在一起。

三娃子曾救过我的命。

有一次，我去大东沟放骡子，中午，突然下起了大雨，我急忙拉着黑骡子下山往家里赶，下山到快一半时，三娃子不知道从什么地方冒了出来，一把拉住我，大声地对我吼道："茂平，我喊你听不到吗？别往山下走，快往山梁上跑！"

三娃子赶着羊，我牵着黑骡子，朝山上艰难地走去，走到山梁上，沿着山梁继续往山顶上走，走到一处长满猫儿刺墩墩①的地方，三娃子唤停了羊群，一大群羊老老实实地待在原地不动了。三娃子拿过我手中的缰绳，把缰绳拴在一个大大的猫儿刺墩墩上，然后拉着我又朝山坡下奔去，没走多远，到了一个窑洞前，钻了进去。这处窑洞，我之前没有发现过。我俩浑身湿透了，虽是夏天，却冷得我直发抖！三娃子喊道："快！把衣服都脱掉！"

三娃子边喊边自己脱掉了衣服，我有些不情愿，但还是脱光了衣服。

只见三娃子光着身子躺在窑洞里，双手把洞底厚厚的沙土往自己身上不停地堆，我也学着他，把沙土堆满全身。这窑洞里的沙土竟然是热的！我俩躺在一起，三娃子问我："还冷吗？"

"不冷了。"我回答道。

三娃子接着说道："山里下大雨时千万千万别往山下走，山坡上滑，再说山下有洪水，冲跑了可怎么办？山梁上没洪水，

---

① 猫儿刺墩墩：当地方言，一种长刺的灌木。

人要在山梁上避雨，大不了挨冻，忍一忍也就过去了。"

"我知道这里有个窑洞，洞里的土其实不热的，是因为咱们身上太凉了！这沙土，就跟被子一样，裹在身上，暖和得很！"

三娃子继续教导我。

三娃子懂得真多！

外面的雨不停地下，我怯怯地问三娃子："三娃子，你说这窑洞会塌吗？"

"不许胡说！"三娃子发怒了，"山神爷前要说好话！"

我闭上嘴，一句话也不敢再讲了。

雨下了一会儿停了下来。我俩从土堆里爬出来，搓掉身上的泥巴片。我学着三娃子把衣服埋在土堆里，埋一会儿又取出来，抖落掉衣服上的小土粒，继续埋在干土堆里，这样重复了几次后，衣服不再是湿漉漉的，变得半潮半干的，我俩使劲拍打衣服，拍落衣服上的土，穿在身上，衣服是冰凉的，但身子不那么冷了。

我俩走出窑洞，走到黑骡子和羊群待着的山梁上，它们依旧待在原地没动。三娃子说："畜生有时可比人聪明，下雨的时候从不乱跑，乱跑容易出事。"

站在山梁上，我听到了山沟里咆哮的洪水声。

我问三娃子该怎么办。

"雨停了，这就不急了，洪水过一阵就会退去，那个时候我们再回家。"三娃子很自信地回答我。

一直等到傍晚，洪水才渐渐退去，三娃子、我、黑骡子和羊群进入沟底，慢慢地往外走，走到快一半的时候，我碰见了迎面赶来的父亲和母亲。

父亲和母亲早早地就来到了大东沟沟口，可洪水挡住了路，父亲和母亲焦急地一直等到洪水退去才忐忑不安地进山。

那天晚上，母亲把冬天腌好的一坛腊肉送到了三娃子家里，过了几天，用家里的那台缝纫机缝制了一身新衣服送给了三娃子。

七

玉兰镇的冬天是寒冷的，在庄稼地和水渠里，到处是冻裂的口子，人走在上面硬邦邦的，如同光脚走在石堆里，裂口硌得脚板疼。早晨和下午，时常有刺骨的白毛风从北边吹来，吹得人脸上和手上起了小裂口，抹点棒棒油，褪去老皮，也就慢慢好了，家里没有棒棒油的，把枣子煮熟了，去皮后抹在裂口上也能好。厨房的水缸里面结冰了，冰层贴着缸壁，又滑又硬，水面上有层薄冰，舀水时用水舀子一碰便能击碎，我喜欢把击碎了的冰碴含在嘴里嚼着吃。

这样的冷天，母亲早晨和晚上都要煨炕①：母亲用灰扒子②将麦草推塞进炕洞，用小头铁锹把煤末铺在麦草上面，点燃麦

① 煨炕：把燃料塞入炕洞，点燃，将炕烧热。
② 灰扒子：当地方言，在小木板中间凿孔，安装长木柄，煨炕时往炕洞里推塞麦草之用。

草，引燃煤末，炕被烘烤得热热的，有时煨炕的火太大，会把铺在炕上的席子和毛毡烧着。这样的冷天，玉兰人早晨和下午几乎不出门，只有到了晌午吃完饭，太阳红红地把地面晒热了，路上的人才会多起来。向阳的墙根处，有聚集的人群在晒太阳，东家长西家短地谝闲谎①。祖父经常在玉兰镇剧院门口给十几个老头讲《薛刚反唐》。这样的冷天，母亲把一个厚厚的门帘挂在骡子圈门上，防止冷风灌进圈里。冬天黑骡子的毛长得很长，像长胖了一样，毛绒绒的。

冬天里，王老汉骑着他家的草驴，赶着草驴产下的驴娃子进山放驴，从我家门口走过时会问我去不去放骡子。母亲说冬天山里太冷，草也少，黑骡子关在圈里吃草料就行了，等到草绿了再赶它进山吃草。

每天晌午，我牵着黑骡子到腹泉饮水。

我走到骡子圈，揭开厚厚的门帘，解开拴在柱子上的缰绳，牵出黑骡子，来到路边犁翻过的田地里，松开缰绳，对着黑骡子轻声喊道："滚滚滚。"黑骡子卧倒在地，打起滚来，它以脊梁为轴，身体滚动半圈，再反向滚回来，来回滚几次，翻滚中，黑骡子四蹄朝天，大尾巴来回抽打着肚皮，那是它用尾巴给肚皮挠痒。冬天时，牲口的毛长，是要天天打滚挠痒的。关于黑骡子的"打滚"，太太给我出过一道谜语：一堵墙，猛跌倒，四个柱子朝天绕，一个扫把来回扫。黑骡子打完滚，站起来，

---

① 谝闲谎：当地方言，聊天的意思。

抖动身子，把身上的土抖落下来，身上像是在冒白烟。

冬天，路边水渠里的草早就枯黄了，上面落满了灰尘，黑骡子仍走在水渠里，一路边吃边走。关了一整夜和一上午，它一定是想放放风，透透气了。到了腹泉，我老远就看到泉眼里冒出的水汽，水汽漂游在泉水面上，像是娘娘庙里墙上彩绘侍女飘动着的衣裙。走进腹泉，一股温润的湿气迎面扑来，我感觉自己的睫毛尖上结了小小的水珠，因为我看到了黑骡子眼睫毛上的小水珠。

黑骡子喝水时，嘴巴上的胡子沾了好几颗绿豆大小的水珠。我听见泉水被黑骡子吸进嘴里发出的"嗞——嗞——嗞"的声音。黑骡子冬天吃的全是干草，它一定是渴极了！喝完几口水，黑骡子抬起头，甩一甩大黑脑袋，把嘴边的水甩得到处都是。我也俯下身子，双手摁住泉眼边冰凉的石头，嘴巴贴着泉水，喝几口泉水，泉水不像夏天时那样冷得冰牙，倒像是晾凉了的温水。

冬天里，黑骡子依旧是闲不下来的，它要赶在冬墒融化前往地里驮粪，为能多驮几回，天蒙蒙亮就开始驮粪了。一过晌午，地表被太阳晒化，化开了的地表湿滑得很，不好进到地里去。驮粪前要先打粪，父亲把堆积在小路旁粪场里的粪堆用铁锹揭开，将冻结成硬块的粪土摊开在一边，我和大姐、二姐各拿着榔头把粪块敲碎，打成碎末状，父亲把粪土在原地堆成小堆，再在粪堆脚下摊一层粪块，我们三人继续用榔头把粪块打碎，父亲把打碎的粪土往粪堆顶上堆，一些未被打碎的小粪块会从粪堆尖端滚落到粪堆脚，我们三人再用榔头接着打碎小粪块，如此循环，慢慢地，粪场边会堆出一个大大的粪土堆，作为黑骡子驮粪的原料。驮粪用的粪笼子由芨芨草编成，先编两个上口大、下口小的无底四方棱筒，再编两个小筐，小筐的一边用草绳系连在棱筒的下口，就像用合页连接门框与门一样，小筐的另一边系个草绳做个扣环，用布绳拴一个小木棍系在棱筒下口与扣环对应的一边，作为扣环的销栓之用，最后在棱筒上口端用两根粗粗的草绳把两个带着小筐的棱筒连起来，一副粪笼子便做成了。装粪时先把扣环扣在木棍做成的销栓上，用小筐把粪笼子的下口封住，卸粪时松开扣环，小筐打开，粪土便会顺着粪笼子底流下。黑骡子的粪笼子比其他牲口的要大一些，它的腿长力气大，粪笼子自然要做大点。我和大姐轮换着牵着黑骡子往地里驮粪，从早上一直到中午，才算驮完一驾①粪。

玉兰镇的冬天是寒冷的，黑骡子驮完一驾粪，大黑脑袋上满是白白的霜花。驮粪的日子要持续一个多月，直到过年前才能结束。

冬天里，黑骡子除了驮粪和饮水，一天的大多数时间都被关在圈里，它一定是感到枯燥的。在晴朗无风的天气里，太阳暖洋洋的，母亲让我把黑骡子牵出圈，拴在院子外面向阳的墙根下，把草料装在背斗里，靠放在墙边，让它边吃草边晒太阳。

---

① 驾：当地方言，表示驮粪时长的计量单位，一个上午或一个下午为一驾。

在寒冷的冬天里，人们待在热炕上、火炉旁懒得出门，有时忘记给黑骡子拌夜料，黑骡子吃不着夜料，会用前蹄"咚咚咚"地刨地，那声音在寂静的夜里格外明晰，传到温暖的房子里，提醒人们说，该拌夜料了，偶尔，家里的人听不到这声音，黑骡子会饿一夜的肚子。

在某一个冬天的夜里，黑骡子挣断缰绳，跳出圈门口的木栏，跑了。那个晚上，我忘记了给黑骡子拌夜料，黑骡子"咚咚咚"的刨地声我们都没听见。

第二天整整一个上午，全家人满镇子地找，满镇子地打听，黑骡子的一点音信都没有。

中午，祖父跟父亲说，黑骡子一定是去墩墩梁了。那里有大片大片的草地，先前一直是玉兰镇生产队的冬牧场，后来，玉兰镇上的牲口很少去那里牧放了。去那里要走六十多里的路，路途实在太远了。墩墩梁也是黑骡子出生的地方，它在那里整整待了两年后才被生产队赶回玉兰镇进行驯化，学会了干农活。

中午匆匆吃完饭，祖父和父亲带上干粮及水，一起出发，奔墩墩梁找黑骡子。去墩墩梁要经过路庄，路庄离玉兰镇有三十里路，几位舅爷爷的家都在那里。祖父和父亲赶到路庄时已是傍晚了，住在了三舅爷爷家里，第二天一早再往墩墩梁赶。有人告诉祖父，当天大清早时，的确看到一个大高个子的黑骡子经过路庄。

第二天一早，祖父和父亲朝着墩墩梁出发，快中午时，赶到了那里。远远地望见茫茫荒草台地上有个小黑点，父子俩加快步伐朝小黑点的方向跑去，渐渐地离那黑点越来越近，那黑点正是黑骡子，它像只孤独的燕子站立在苍茫枯黄的草场里。空旷的草地上，没有其他牲口，只有黑骡子。在草场上，有几处圈舍，那是多年前玉兰镇生产队修建的，是人和牲口的临时居所，土地下放后，牲口全都分给了个人，而这里距玉兰镇太远，很少有人来放牧牲口，圈舍也就废弃了。

祖父和父亲慢慢靠近了黑骡子，祖父用"嘚噜噜儿——嘚噜噜儿"的声音呼唤它，起初黑骡子见人就跑，慢慢地，它在祖父的召唤声中不再惊恐，静静地站在草场吃草。祖父抱住了它的大黑脑袋，父亲套上笼头，捉住了黑骡子。

返程时，祖父和父亲没有在路庄的舅爷爷家滞留，打了个招呼后便匆匆往家里赶。

祖父和父亲牵着黑骡子走到张家巷路口时，已是半夜了。黑骡子"哒哒哒"的走路声传入地下，顺着路面，拐进大门，爬上炕头，钻进熟睡的家人的耳朵里。这声音，最先惊醒了母亲，母亲忽地一下坐了起来，惊叫道："骡子回来了！"母亲披上棉袄，开门冲进冷夜里，小跑到厨房，拨开灶台里的火种，加上煤块，开始用大铁锅烧水。我问母亲："这么晚了，要给谁做饭？"

"不做饭，给骡子熬锅米汤吃。"母亲边加水边回答我。

很快，黑骡子就到了大门口，祖父和父亲把黑骡子牵到了院子里，母亲早早地迎了上去，手里拿着两个馍馍，掰了一半，喂给黑骡子吃。

锅里的水烧开了，母亲下了两大碗黄米，熬成黄米稀饭，倒进水桶里，再加上凉水，掺温后让黑骡子吃。黑骡子边吃边抬起头盯着母亲看。

八

祖父说，黑骡子和我同一年出生，它是年头的，我是年尾的。

我十四岁那年春天的一个清晨，父亲赶着黑骡子去大东沟的坡地里种胡麻。天阴阴的，要下雨的样子，母亲让父亲带上一大块塑料布，下雨时作为雨披用。

胡麻种到一半时，下起了细细的小雨，父亲戴上草帽，把塑料布系在脖子上，赶着黑骡子坚持把地种完。种完地，父亲除了后背是干的，身体的其他部分全湿透了，而黑骡子连肚皮都是湿的，那是雨水沿后背流到它肚皮上了。父亲匆匆地备好鞍子，把种地的耧架捆架在鞍子上，赶着黑骡子回家。

下山的路很陡，很滑，黑骡子雨天走这样的路很小心，步子迈得很小，走得极慢，尽管如此，黑骡子时不时地会打滑。父亲没让黑骡子走那条通往谷底的嵌在半坎上的捷径，而是绕道下到谷底。谷底堆满洪水冲积的大石头，所幸的是春天的雨并不大，没有山洪，但石头表面却极滑，路坑坑洼洼的，很难走。

快要走出大东沟时，黑骡子的后蹄突然朝前一个趔趄，滑嵌进石头堆的缝隙里，紧接着摔倒了，背上的耧架也砸在石头堆上。黑骡子卧在地上，竟然站不起来了，父亲赶忙用力搬开夹住后腿的大石头，黑骡子挣扎着站起来，一条后腿却悬抬着。那条后腿在身体倒地的时候被拧折了！

父亲说，他当时的心是冰凉的，凉气顶满了大脑，冰凉的汗夹着雨珠袭遍全身！

父亲卸掉黑骡子背上的耧架，自己扛着，牵着黑骡子往家里赶。黑骡子用三条腿艰难地走回了家。

父亲叫来了镇卫生院的刘大夫，刘大夫仔细地看过黑骡子的后腿之后，摇摇头说道："腿断了，得先固定住，还得打消炎针。"

"可大牲口性子烈，是固定不住的，得想个固定的办法。"

"大牲口就怕腿折，不好治的。"刘大夫继续说道。

镇上的好多人听闻黑骡子摔折了腿，跑来围在我家里看。

王老汉建议说，在骡子圈里砌筑一个长方墩子，把黑骡子架在墩子上，让四个蹄子悬起来，再用木板夹住后腿，或许能有救。

父亲找人帮忙，很快在圈里用土坯砌成一个长方形土台子，上面垫着冬天挂在骡子圈门的厚厚门帘。五六个壮汉来回折腾了好长时间才把黑骡子的两条前腿和后腿两两用绳分别捆住。父亲找来两个粗粗的木杠，把木杠从黑骡子的肚子下面穿过去，几个人合力抬起它，搁架在了土墩子上，趁着后腿被捆住的时机，刘大夫和父亲给黑骡子的后腿绑上了木夹板，给它注射了消炎药。松开绳子后，黑骡子倔强地不停摆动脑袋试图挣脱缰绳，四个蹄子来回蹬着挣扎。有人建议收紧黑骡子的缰绳，把它的头也固定住。父亲解开拴在柱子上的缰绳，在柱子上多缠了几圈，系紧缰绳，缰绳紧紧地牵扯着黑骡子的脑袋，它的脑袋几乎不能再动了。

来我家帮忙围观的人走了，我凑近黑骡子，给它挠耳根，挠脸和脖子，黑骡子悬垂着四条腿，慢慢地安静下来，偶尔伸伸腿，它一定是极不舒服的。

从黑骡子架空在土台子上那天开始，它的吃喝拉撒全在圈里面。我们几个孩子拔来草放在食槽里让它吃，中午和晚上端水让它喝，夜里拌料让它吃，每天用铁锹给它清理粪便。刘大夫说，顺利的话，黑骡子有半年就可以下地走路了。家里人都期待着这一天的到来，我时常觉得时间漫长得很！

慢慢地，黑骡子吃得越来越少，喝得越来越少，即使松开缰绳，它也不再挣扎，它的大眼睛不像以前那样飘溢着鲜活的光芒，已变得黯然无神。

半个月后，黑骡子的肚子上起褥疮了，得把它从土台子上放下来处理疮面。黑骡子很重，父亲和几个小伙子依旧用粗粗的木杠把它抬起来，从土台子上移开，当放下黑骡子时，它站都站不住了，只能用木杠继续架着它。母亲拿掉旧门帘，换了一个新做的装有厚厚棉花的垫子，处理完褥疮，黑骡子又被架搁在土台上。刘大夫配好了消炎的注射液，挂在圈顶的横梁上，把一个粗粗的针头插进黑骡子的脖子上给它输液消炎。隔几天，父亲请来几个人帮着处理褥疮。黑骡子的状态越来越糟，吃得越来越少，即使新鲜的青草，也是偶然吃几口。我每次去圈里，它就那样耷拉着脑袋，幽幽地看着我，它的毛色不再油亮了，干涩枯黄。黑骡子不会叫，只是偶尔发出"吐噜噜"的声音。

王老汉每次碰到我总问："你家的长腿骡子好了没？"

"唉！没有呢，还天天输着液呢！"

我叹息着回答王老汉。

三个多月过去了，黑骡子的褥疮越来越严重，腿也没长好，黑骡子连腿都很少蹬了，输液时，缰绳也不用紧紧地牵拉在柱子上，它已经没力气挣扎了。在夏天的一个晚上，黑骡子死了。

母亲曾讲起过一个故事：

母亲的小舅叫天佑，出生后外曾祖母没有奶水，孩子没奶吃。家里养着一只奶羊，眼眶上有道黑色的条纹，像化妆时画出的女子的眉线，起名"花眉毛"。家里人便给天佑喂"花眉毛"的奶吃，只要孩子饿了，哭了，就把它牵过来挤奶给孩子喝，后来也不用挤奶了，干脆让孩子直接喝它的奶。开始的时候，"花眉毛"还需要人把它牵到孩子跟前来，慢慢地，它习惯了喂孩子，只要孩子在炕上饿哭了，就自己跑进屋子，跳到炕上，卧在孩子身旁，孩子自己吃奶。天佑靠吃羊奶长大后，"花眉毛"一年一年地养着，直到老死，死后，外曾祖父把它的皮剥了后埋了。外曾祖父说，"花眉毛"奶了天佑一场，剥了皮让它转生成个人。

祖父和父亲两人把黑骡子的皮剥了,埋在了小东沟的一处山坡上,埋完,我跪在地上,磕了一个头,祖父看了我一眼,说道:"长腿毕竟是个畜生……唉……你磕了就磕了吧!"

九

没了黑骡子,我不用再操心给它饮水,加草料,周末和暑假也很少再去葫芦沟、大东沟、小东沟和凤鸣湾,一下子觉得那里离我越来越远。

王老汉骑着大驴,赶着小驴依旧从门前经过,只不过他不再叫我了。

走过骡子圈,那里是空荡荡的,听不到黑骡子"吐噜噜"的吐气声音和蹄子"咚咚咚"的刨地声。偶尔到骡子圈去找鸡,每去一次,我总能想起黑骡子仰起的大黑脑袋和闪烁的大眼睛。我看到,黑骡子的食槽上落满厚厚的尘土。

母亲经常自言自语道:"唉,可惜我的大黑骡子了!辛辛苦苦地随了我们家一场,死掉就像是去了个家里人一样!"

第五章

一

玉兰镇上有两辆往返于县城的班车，一辆是朱土改家的，一辆是胡天赐家的，朱土改家是辆红班车，胡天赐家是辆白班车，朱土改先买的红班车，胡天赐后买的白班车。

红班车的司机极好说话，平时玉兰人往车上捎带东西，司机总是有求必应，笑着让人把东西放在车内的引擎盖子上，记清带货人和接货人的名字。司机的记性非常好，那么多的人名他都能记得住，只要接货人说出自己和带货人的名字，司机总能准准地从车里把东西找出来。红班车车顶有个货架，货架上装满东西后用一张粗绳编成的网子罩起来，防止东西掉落。货架上总是满满当当的，去县城时，里面装的东西什么都有，有给在县城工作的亲戚或子女带的面粉或黄米，有给在县城读书的学生带的馍馍和装满菜的罐头瓶子，也有带到县城自家种的豆角和西红柿，还有些其他的杂七杂八的东西。红班车从县城

137

返回时，带回的东西也不少，有镇子上开小卖部的人批发的货品，有县城亲戚家穿旧了的衣服和淘汰下来的旧电器，还有县城读书的学生带给家里的空着的大包。

白班车的司机不太好说话，遇上熟人带东西，还能勉强捎上，如果是生人带东西，司机总会说："我这车是烧油才能跑的，又不是靠喝水跑的！即使喝水，也是要拿钱买的。"给他一块钱，才可以带东西。起初是红班车一大早先发车，两个多小时后白班车再发车，后来白班车天蒙蒙亮便从车库里出来，打着喇叭沿镇子上的大路来回地奔走，收揽坐车的人，有时候红班车都出发了，白班车还在揽客。

红、白班车两家的票价都是七块钱，玉兰人坐红班车的要多一些，坐白班车的要少一些。

胡天赐觉得七块钱的票价有些低。有一天晚上，他找到了朱土改，递上了一支烟，说道："他表叔啊，跟你商量个事。"

"啥事？你说吧！"

这两家平时其实不怎么来往，自然也极少说话，那种心照不宣的关系彼此都明白。朱土改有些不安，谨慎地问胡天赐。

"咱玉兰镇的这个山路太费车了，满满一箱油，跑几趟就没了。"

"谁说不是呢，山路确实费车又费油，比不了城里的柏油路。"

"在咱这里跑个车真正是挣个辛苦钱啊，天天一大早起来，比镇子上的驴都苦！"

"呵呵，苦也不是苦的你啊，就是司机辛苦一些，可挣钱哪有不辛苦的呢！"

"他表叔啊，去掉司机的工资和运管费，我的班车都快撑不住了！你的班车咋样？"

"和你的都差不多，我也是在硬扛着呢！"

"硬扛十天半个月的可以，可成年累月地扛就不行了啊！他表叔，咱商量着给车票提提价吧，提它个一块两块的。"

胡天赐最终说出了他找朱土改的心思。

朱土改好像早就知道胡天赐的目的，淡淡地推辞道："这价不好提吧，是县上定的。"

"有啥不能提的，办法总是有的。"胡天赐的眼睛很小，但很精亮，他在探朱土改的口风。

"我再等等吧，实在扛不住了再说吧。"朱土改回绝了胡天赐。

胡天赐没再多说什么，临走时只是说让朱土改再考虑考虑。

胡天赐又找了朱土改几次，朱土改依旧没有答应胡天赐。乘坐朱土改家红班车的比胡天赐家白班车的人要多，朱土改自然不想涨价。后来胡天赐再也没找过朱土改，也不再和朱土改说话了。

朱土改在玉兰镇上的人缘很好，谁家有个红白事，他家的礼钱准到，借他家东西，只要有的，朱土改从不推脱。玉兰人说，红班车把朱土改家跑得红红火火的。

朱土改的儿子惠生高中毕业没考上大学，复读了几年仍没考上，朱土改托关系把惠生送到玉兰镇煤矿当技术员。玉兰镇煤矿并不在玉兰镇上，而是在离玉兰镇五十多里路的王家山，县属的几个乡镇在那里都有煤矿，矿工大多是本乡本镇的农民。矿上的技术员有三种，第一种是正规学校毕业的学生，第二种是经验丰富的老矿工，第三种就是像惠生这样的关系户，在矿上培训一段时间，便成了矿上的技术员，拿上了工资，端上了铁饭碗。

煤矿上有好多人赌博，经常有人输光挖煤挣的钱，哭天喊地，寻死觅活的。惠生也不例外，也好赌。

玉兰镇上也有人赌博。农闲时几个人约好了，凑在某人家里一起打牌，玩色子，输赢的钱不多，这算是业余赌博，与之对应的是专业赌博。有人专门设赌场，赌场里一年四季都有人在赌，个别开赌场的人不赌钱，只管"抽头子"，按人头收钱，而绝大多数开赌场的人，他们本来就是因为好赌才设赌场，赌博自然少不了他们。胡天赐家开的是专业赌场，全玉兰镇上就数他家的最有名，连城里的人都知道。

惠生从矿上回玉兰镇过年，被镇上的几个混子天天约着吃饭喝酒，"朱技术""朱技术"地叫着，惠生很是受用。惠生酒足饭饱后，自然是要打牌，地点就在胡天赐家。正月里，胡天赐本该是在家的，可那些日子他偏偏不在家，说是去县城了，由胡天赐媳妇端茶递水地张罗着场子。几个晚上后，惠生输掉了身上所有的钱，还欠了几万元的赌债，立了字据，限期十天还债，否则就剁掉惠生的手指抵债。惠生还不了钱，债主带着几个混子天天去他家闹，把惠生堵在家里逼着他还债！后来债主让镇子上有名的亡命徒苟二升给朱土改带话说，拿他家的红班车抵债就放过惠生。朱土改无奈中把红班车抵债给了债主，债主转手就把红班车卖给了胡天赐。那债主本是胡天赐在县城里认识的朋友，胡天赐找了几个赌徒合伙把惠生骗了，为了掩人耳目，那几天胡天赐是故意躲出去的。

胡天赐得了朱土改家的红班车，过了没几天，便把票价提到了九块钱。

二

张家巷与大路交叉口右拐走不远有个大商店，大商店后面连着一个大大的院子，院子里盖有几间仓库和几排宿舍，大商店连同后面的院子，占地约有四十亩。这个院子在中华人民共和国成立前原本是四太爷爷家的堡子，四周用又厚又高的院墙围着，里面建有三进三出的房子和十几个粮仓，临街盖有商铺，当时算是玉兰镇上最显赫的院子，镇上的人管这个院子叫张家堡子。当年建张家堡子前，有个风水先生曾看过，称赞这个地方叫金盆养鱼，预言堡子建好后四方的钱财准会像麻雀一样成群成群地飞来，后来四太爷爷果真在这个地方发迹了，成了玉兰镇上的有钱人，他的生意最远做到了陕西和宁夏。在中华人民共和国成立后，张家堡子归了公，改建成玉兰镇的大商店，归供销社所有。

土地下放后，大商店依旧归供销社所有，院子后面的仓库和宿舍陆续租给了私人，保留了临街的四个大的铺子。供销社

141

的四个大铺子竞争不过大路对面私人的小铺子，便在大铺子中间砌上墙，隔成了八个小的商铺，供销社留了两小间，其余的全部租给私人。而供销社终因经营不善，解体了，还欠了信用社的钱，便把大商店抵给玉兰镇农村信用社。

玉兰镇农村信用社原是在玉兰镇剧院旁一个不大的房子里营业，得了大商店后，很快便搬迁了过来。信用社把大商店沿中轴线隔开，一半保留，另一半临街的大铺子拆掉，新建成信用社的营业部，后面的宿舍和仓库也拆掉，新建成宿舍和花园。修建信用社的活，承包给县里的工程队。活没干多久，苟二升带着玉兰镇上的混子们天天在工地上找茬，欺负谩骂工程队的工人，晚上把工程队大大小小领导媳妇的名字写在墙上，骂她们。县城工程队干了不到一个月便干不下去了，胡天赐接替了县工程队，建信用社的活落到了他手里。

胡天赐的工地上招人干活，许多人都找胡天赐讨活干，母亲也去了，分到了筛沙子的活。洪水过后，沙河里低洼坑地里会积满沙子，这种地方叫沙坑子，母亲和其他几位妇女每天从工地上抬着一张单人床大小的筛沙床来到沙河里筛沙，我学着母亲筛沙，沙子比土粗，铁锹不容易铲进去，用脚踩着铁锹使劲往沙子里铲，才能铲起沙子来。沙子比土重，我手上的力气扬不起铁锹，把铁锹把儿先支在弯曲的大腿上歇一下，然后大腿绷直，手上顺着大腿的劲，把沙子撒扬在沙床上。我不过筛了一小坑的砂石，第二天便觉得胳膊和大腿疼得厉害。

修建信用社时，正是夏天，有时即使是大晴天，沙河里也可能发洪水，那是沙河上游的山里下阵雨的缘故。有一次，母亲她们上午筛好了一大堆沙子，手扶拖拉机没运几回，洪水突然轰隆隆地顺着沙河奔泻而下，几个人抬着筛沙床赶紧跑到了沙河旁的坎子上躲避洪水，筛好的沙子却被洪水冲走了。胡天赐说，沙子只有运到工地上才能算钱，那天的活母亲几乎算是白干了。

母亲干完筛沙子的活，接着在工地上卸砖和搬砖。卡车把砖从砖窑拉到工地后，打开车厢，几个人爬上车厢把砖块四个一组用手掌夹起来，转手送给车下面接砖的人，接砖人把砖码放成砖垛。我替母亲卸过砖，也搬过砖，车上车下的活都干过：卸砖要快，卡车还等着拉下一趟呢，所以干活的节奏很快。双手夹起一组砖，很快转身送到车厢边上，车下的人张开双手在等着接砖，车下的人快快地把砖码好后，跑着赶到车厢跟前，车厢上卸砖的人刚好在等着车下的人接砖。干得慢了，耽误时间，会遭责怪。码放砖时，一组一组的砖几乎是砸在砖垛上，发出清脆又实在的"当当当"的声响，空气里弥漫着砖块上特有的灼烧味道和粉尘，脸上、脖子上沾满了灰尘，身上的汗仿佛往外冒，比黄豆还大的汗珠子打在砖块上，很快就渗没了。

母亲在工地上还干过搅拌混凝土的活，这个活一点也不比筛沙子轻松。先把沙子和水泥搅拌均匀，再在搅拌好的料上挖个坑，倒水，不停地用铁锹搅拌，最后把搅拌好的混凝土用铁锹装进铁制的双轮手推灰斗车内。铲混凝土用的是那种很重很重的大铁锹。运输车走后，人也不得闲，要不停地用铁锹搅拌混凝土，因为混凝土放久了容易凝固，会在底部形成僵块。

干完修建农村信用社的活，母亲用的那把铁锨的刃口，被磨掉了小半截。

干完一天的活，要当天到工头那里记账。工头说，女人的工钱按男人的八成计。

信用社的楼建成了，胡天赐却不给干活的人发工钱，胡天赐说信用社没给他结钱，所以他也结不了工钱，等工程款到了后再发。第二年，胡天赐把大商店另一半的商铺和院子里面的仓库拆了，临街建起了两层楼的商铺，院子里盖起了旅社。胡天赐说，信用社把大商店剩下的部分抵了工程款给他，这块地已经归他所有。

给胡天赐干过活的人找他索要工钱时，胡天赐只是一个劲儿地叫穷，说他没拿到信用社给他的工程款，只是得了点地皮，他还亏着呢！王老汉的小儿子栓柱带着几个人索要工钱，和胡天赐吵了起来，眼瞅着快要动手打起来，苟二升带着玉兰镇的混子们来了，帮着胡天赐劝架，架没劝住，却演变为群殴，两帮人互有伤害，只是栓柱和他带的几个人伤得更重些。栓柱的腿被打成了重伤，一直瘸着。听王老汉说，胡天赐给了跟他关系好的人工钱，关系不好的，就给了几十块钱，母亲也只拿到了四十多块钱。

胡天赐把建好的商铺留了一间自己开了家小卖部，其他的出租。院子后面的宿舍租给来玉兰镇上学的外地学生，旅社也开张了，来玉兰镇收羊皮的宁夏人和倒卖木材的西藏人包他家的旅社住。

胡天赐得了半个大商店后，又花钱买下大商店斜对面的加工厂。这个加工厂在土地下放前加工和修理农具，里面有三排和教室一样大的加工车间，车间有各式机床，可以进行设备的锻造、焊接、冲压和挤压等作业。土地下放后，加工厂仍归玉兰镇所有，里面有三五个工人，经常能听到里面加工或修补农具的声音。加工厂里的那个做锻造用的机床最让我沉迷：把烧红的铁块放在机床砧台上，摁下电钮，砧台上方的钢锤稳稳地砸下，砸得铁块火星四溅，工人不停地翻转铁块，钢锤来回锻打，那铁块在钢锤的锻打下像块泥巴团一样松软。如要锻打一把方头铁锹，调节好钢锤的锻打模式，一会儿便把那铁块砸成一个长方形的铁板，用长长的铁夹子夹住后伸进一旁的大水桶进行淬火，随后将机床上的大方锤换成小个的尖锤，在铁板短边中部锤出一个槽道，最后用电焊机把预先做好的宽边小铁环焊在槽道里，做成铁锹把的套环，方头铁锹锻制完毕。我上小学时，有一次因为看工人在加工厂打制农具而忘记了上学。

到后来，好多农具在县城里的五金店都有的卖，且价格低，加工厂竞争不过县城的五金店，加工厂里机床工作的声响日渐稀疏，最终没了声响。不知是哪天，有人说加工厂倒闭了。加工厂和大商店一样，也有一个大大的院子，院子里长满了杂草。

祖父说，这加工厂原来是一个乱石岗子，是每家每户出劳力，用洋镐、铁锹、架子车花了两年时间平了地，盖起了厂房。

玉兰镇上，巧取、私占公家地盘的并不止胡天赐一家。镇子上的几个磨坊、碾坊和油坊被电动的磨面机、碾米机和榨油机代替，磨坊、碾坊和油坊先是被私人占去装草料，或者是圈牲口，或者是做猪圈羊圈，过了几年，渐渐很自然地就变成了私人家的。这些磨坊、碾坊和油坊，被拆掉盖成了商铺。它们大都临街，占了极好的地利。镇子上几个大大的麦场，也先后归了私人，由暂时使用变成了永久占有。原属玉兰镇公有的好多林地慢慢地都被私人占了去，无非是占多占少的事情。

从帝王将相到普通百姓，在漫漫几千年里，没有不喜欢土地的人，他们总是以各种名义和手段设法占有土地。虽说"百年土地易主"，但人们好像永远不知晓"易"的清冷和无奈，一直沉浸于占有的快感中。故玉兰人占地圈地，似乎便在情理之中了。

三

玉兰镇往东走，是县城；往西走，是黄河，黄河的那边归宁夏管；往北走是腾格里沙漠，归属内蒙古。祖母说，在中华人民共和国成立前，山里有过土匪，土匪逮着什么就抢什么。粮食、家畜、衣物等，只要土匪看见，一个都不留地全部掠走。人们痛恨土匪，却无能为力，各乡镇都有保安队，却如同摆设一样。土匪洗劫百姓时，保安队不见踪影，土匪扬长而去时，保安队才出现，那些保安队本和土匪是勾结在一起的。祖母那时候还是个姑娘家，最怕土匪抢劫，土匪见着大姑娘是要抢了去的。祖母家有个地窖，遇土匪来，她便藏在地窖里。祖母最爱说毛主席的好话，因为毛主席的队伍收拾掉了土匪。

胡天赐得了半个大商店和加工厂，他和他媳妇每天都忙得团团转，又是收租金，又是去县城批发货品，又是交班车的运管费等，见人就说他们有多忙。他家的赌场也照旧开着，名气极大，矿上的煤老板经常开着轿车来他家赌博。胡天赐媳妇经常在镇子上买鸡、买羊，晚上做饭供赌博的人吃喝，她家小卖部的酒是现成的。

玉兰镇上赌博的人有时会吵起来，甚至掀翻桌子，抄起凳子打架，双方打得鼻青脸肿。胡天赐家的赌场很少有这样的事情发生，是因为有苟二升在。苟二升是他家的常客，也好赌，但他去赌场不只是为了赌博，一是罩着胡天赐家的赌场，二是去放高利贷。玩赌的人玩浑了后在胡天赐家赌场闹事，苟二升便会在一旁劝架，实在劝不住，便会叫来镇子上的混子们来镇场子，经常也会打起来，而对于打架，苟二升是必赢的。赌场上有人赌输了钱，可以向苟二升立字据借钱再赌，有人如不还钱，他一点也不急，吃住都在那人家里，直到还钱为止。当然，欠债人也可以继续向他借钱还债，苟二升从不怕别人不还他钱。曾有欠苟二升钱的人把他往外面推，苟二升跌倒在地上赖着不起来，人也快没气了的样子，那人把苟二升送到县医院，赔进了不少的医疗费。

红班车的司机宋营极喜欢赌博，只要发了工资，晚上准在胡天赐家的赌场上，每次都输得干干净净，后来他媳妇跟着一个生意人跑了，把两个孩子留给了他。

玉兰镇上赌博遭遇最惨的是三娃子的父亲。

　　三娃子父亲姓罗，他的大名我总是记不住。他把羊群交给三娃子后，自己买了台粉碎机在家里做豆腐，开了家豆腐坊。每次中午放学回家经过他家大门时，总能闻见豆腐的香味。我自己管三娃子父亲叫罗豆腐。

　　罗豆腐自己家种黄豆，也成袋成袋地买黄豆，他家院子的屋棚下码放着好多麻袋黄豆，顺着他家的院门就能看得到。罗豆腐开豆腐坊之前，镇子上的人想吃豆腐了，几家人合在一起做。母亲和六妈在秋后天凉时会用自家的黄豆做一些豆腐吃，做出来的是那种硬硬的很筋道的老豆腐，蘸上油泼辣椒面调的汁就可以吃。自打罗豆腐的豆腐坊开张后，玉兰人都买他家的豆腐，或是一斤黄豆一斤豆腐地兑换。遇上有人办红白事流水席，罗豆腐能卖掉好多豆腐。他家的豆腐生意很红火，罗豆腐用卖豆腐的钱加上每年卖羊毛、羊绒的钱，盖起了十间一砖到顶的拔檐房子①。

　　罗豆腐家的豆腐坊红火了几年后，突然不开了。听王老汉说，罗豆腐在胡天赐家的赌场里连着赌了三晚上，输光了家里所有的钱，仍欠着胡天赐几万块钱。王老汉和罗豆腐是邻居，他是最了解情况的。罗豆腐把磨豆腐用的粉碎机卖了，把他家的二十几头羊也卖了，家里养的猪还没等到腊月也卖掉了，还是没还清赌债。

---

　　① 拔檐房子：当地方言，房檐悬挑出去很长的砖瓦房。

胡天赐三番五次地跑到罗豆腐家要债，罗家没钱还，最后逼得罗豆腐实在没了办法，又羞又气，一狠心，罗豆腐拿起菜刀剁下自己的一个小拇指算是抵清了欠胡天赐的钱。

　　胡天赐逼着罗豆腐剁掉了自己的手指头，这件事传遍了玉兰镇，赌徒们越发地畏惧胡天赐了。玉兰镇上很多人同情罗豆腐，可这是愿赌服输的事情，谁让他罗豆腐好赌呢！

　　王老汉自打小儿子栓柱被胡天赐打瘸后，经常背地里骂胡天赐："这胡天赐家，连他家的狗都知道支场子，耍赌博，知道该咬谁，该舔谁。遇到没势力的，在赌场上合起伙来骗，遇到有势力的，还故意输给别人钱呢！"

　　王老汉很憎恶胡天赐："他把镇子上的几个管事的巴结得可好呢！只要那几个人到了他家的赌桌子上，好烟递着，好茶喝着，咋赌咋赢，赌完后还要喝酒！连镇子上的公安也去他家赌，只不过是脱掉公安服去的，这些人去他家的赌桌子上只管赢钱就好了！"

　　王老汉知晓胡天赐的很多事："胡天赐精得很！他在赌场上舔摸①好镇子上一帮管事的人，只花几千块钱就把加工厂买了下来，加工厂里还有那么大的一个院子！这个价钱，别人是根本买不下来的，话说回来，别人也没有机会买啊！卖加工厂的钱，那些管事的人私分了，这钱本该咱全镇子的人都有份的！胡天赐把宿舍租给来镇子上学的外地学生住，自己又在院子里

---

① 舔摸：当地方言，溜须拍马之意。

盖旅社，收房钱，富得淌油！咱这玉兰镇像是成了他胡天赐家的了，他想要什么就能得什么，他想做什么就能做什么。不过，胡天赐也有怕的人，他想在信用社对面刘鸣家铺子旁再盖几间铺子，刘鸣不让他盖，他强拗着偏盖，胡天赐的墙只要砌起来，刘鸣就推倒，胡天赐一点办法也没有，只好不盖了。镇子上人还以为他是怕刘鸣呢，其实他怕的不是刘鸣，而是刘鸣在县里当公安局长的三叔。胡天赐家院子外面有一大片杨树林，林子里的树是分给各家的，生产队时期专门有人负责给林子浇水，如今也没人浇水了，林子里的树天天旱着，加上这几年天牛太多，树大多被天牛吃死了，没死的几棵树，也被他家的驴子啃了树皮，半死不活的，后来也死光了。这树死了，那块地应该是公家的，人人有份才对，可又有谁管呢，胡天赐把那地占了，盖了个电锯房，雇人开电锯挣钱。胡天赐盖商铺，开旅社，开电锯房的钱，都是从他家的赌桌子和酒桌子上得来的。"

在中华人民共和国成立前祸害玉兰镇的土匪，骨子里还是怕人的，否则也不会掠抢完就逃回山里，他们不敢在镇子里久留，因为他们的内心还是知些善恶与敬畏的。土匪固然可恶，但相较于那些守在村镇里的恶徒，土匪之恶倒是显得稍逊一些。

四

苟二升我从小就知道。我刚上小学时，他已经是个小伙子了，他经常把学生堵在路上欺负，他也欺负过我，吓得我经常绕到地埂上回家。有一次，他在地埂上截住了我，用指头弹敲我的额头，还用大拇指和中指揪住我的耳朵，用小拇指和无名指硬顶着我的下巴，坏笑着说："这叫猫端茶壶！"我本是害怕他的，边哭边任他欺负，苟二升却越欺负越来劲，我突然一下躁了，捡起水渠里的一块石头照着他的腿狠狠地砸去，疼得他"嗷嗷"直叫，吓得他掉头就跑，我又捡起一块大石头拼命地追他，他抱着脑袋像只老鼠一样乱窜，我边追边吼："叫你再欺负我，我打死你！"

我并没有真把石头扔出去打他，我怕手中没了石头他返回来再欺负我。而苟二升却是真怕了我，他后来再碰到我，远远地站在原地就不敢走了，而不管地下有没有石头，我都要蹲下身子装出捡石头的样子，他只要见我蹲身下去，撒腿就逃，我总要追他一阵，觉得那是一件很过瘾的事情。

苟二升不欺负我，但他欺负别的学生娃，经常把我们班的石霞堵在路上，拦住她不让走，看着吓得大哭的石霞，他却哈哈大笑。

苟二升拉拢了一帮混子抢劫来玉兰镇卖货的"挑挑手①"，被派出所抓去关了些日子，出来后却越发地放纵了，喝酒赌博打架什么都干，还替人要债，渐渐地竟然混出些名气来。玉兰镇上开赌场的人雇他看场子，苟二升不光拿赌场的钱，还向赢钱的人要钱，给少了是绝对不行的，苟二升会从腰里掏出那把

---

① 挑挑手：当地方言，卖货郎。

刀子诈唬着说要放点赢钱人的血才让走。反正赢的钱又不是自己的，赢钱的人索性就给钱到让苟二升满意为止，也只有这样，那人才能顺利走出赌场。

在玉兰镇上，很少有人能管得了苟二升，他娶了媳妇后按理说应该收敛些，但依旧是原来可憎的样子，他媳妇只要劝他，他就对媳妇一顿拳脚。媳妇多次跑回娘家，娘家兄弟却没人给她做主，这更加纵容了苟二升，他把打媳妇当成了家常便饭，当成了一件很有面子的事情，就像头脱缰耍疯①的驴子一样。

玉兰镇上有几个规模大点的铺子，苟二升经常去那里要钱。他单腿坐在柜台上，用小拇指挠挠头皮说："唉！最近手头有些紧，借几个钱花一花！"

店主给他钱，他便会离开，如不给钱，就坐在那里赖着不走，时不时又掏出那把刀子晃来晃去的，直到拿了钱。慢慢地，店主们便习惯了给苟二升钱。

晚上，苟二升时常会到家境好的人家家里要钱。有一天晚上，苟二升又到了家住在大路旁的刘红家里。刘红当时在玉兰镇煤矿当会计，平时是不在家的，那天晚上他刚从矿上回家，正在看电视。

苟二升叩响了刘红家的门，刘红听出了苟二升的声音，把门打开，寒暄着把他让进屋子。刘红随手把立在屋门旁的一个耙地的五爪铁耙拎进了屋，立在了门后面。

---

① 耍疯：当地方言，牲口发脾气到处乱踢乱跑的样子。

"他二爸，这么晚了找我是有事吧？"刘红问苟二升。

"他表叔啊，最近手头紧，能借几个钱花吗？"苟二升还是那句常用的话。

"唉！你前几次借的钱还没还呢，再说了我家又不是银行，哪有那么多的钱借你啊！"

"他表叔看你说的，你守着个大煤矿还能没钱吗？"

"哦，那煤矿又不是我刘红的，再说我的钱又不是抢来讹来的！"

"他表叔，你这话是咋说的，谁的钱是抢来讹来的？"

"是谁谁清楚！"

刘红一下子怒喝了起来。

苟二升又掏出了他的那把刀子，试图在刘红的面前晃上一晃。刘红抄起门后的五爪铁耙，照着苟二升的手狠狠砸去，刀子掉在了地上，苟二升捂着被打破的手惨叫了起来。

刘红收起五爪铁耙，手指着苟二升，吼道："敢在我面前耍狠，你信不信我打折你的爪子！你私闯民宅，我打死你也是白打！"

苟二升像条被打瘸腿的狗，怯瞪着眼睛弱弱地叫道："你再动一下老子试试看！"

刘红挥动五爪铁耙，照着苟二升的另一只手狠狠地砸了过去，苟二升又惨叫了起来。

苟二升终是败下阵来，逃离了刘红家。

苟二升曾放出话要带人来报复刘红。刘红冷冷地回敬说，玉兰镇煤矿有百名矿工等着他呢，后来苟二升再也没敢去刘红家。

苟二升就是这样欺软怕硬的，碰着硬茬就缩，碰到软柿子就使劲地捏，不过，这玉兰镇上到底还是像软柿子一样的人多，所以，苟二升依旧那样滋润地活着。

苟二升在玉兰镇上的小卖部买烟，从不付钱，他装出要给钱的样子来，店主总是笑着说，一盒烟嘛，拿去抽就完了，要什么钱呢？

镇子上的杨尕新开了家小卖部。杨尕是个"闷葫芦"，平时很少说话，他媳妇待人接物倒是要利落些，店铺平时由他媳妇看着，杨尕负责从县城批发货品。苟二升少不了去杨尕家小卖部拿烟抽，抽了自然是不给钱的，还经常待在店里不走，在里面聊天，时间久了，镇子上风言风语也就有了。

有年冬天的一个晌午，苟二升又抽着烟待在杨尕的店里，聊天说笑。杨尕进货回到了店里，和苟二升寒暄了几句后说道："他二爸，我家的烟也是拿钱买的，你这么又抽又拿的，我这小本生意真是吃不消啊！"

"他尕爸，看你说的，我给他尕妈烟钱了，她自己不要啊！"

苟二升回答道，冲着杨尕媳妇龇牙一笑。

"他尕妈，你说是不是啊？"苟二升阴笑着回问了杨尕媳妇一句。

杨尕媳妇沉着脸，没有回话。

杨尕涨红了脸，压低嗓音，冲着苟二升低声吼道："好吧，那你把今天的烟钱给我付了。"

　　"给你。"苟二升说着拿出了几块钱撂在柜台上。

　　"把以前的烟钱今天都给我付了。"

　　"我以前啥时候拿你家烟了，拿了多少啊？"

　　"你个杨尕，别不识抬举！你也不到玉兰镇上打听打听我苟二升！"苟二升恶狠狠地嘲弄道，冲着杨尕吐了一个烟圈，手往腰里伸，是要掏刀子了。

　　炉子里的火"轰轰轰"地燃烧着，炉面上的火钳子被烘烤得通红。杨尕突然抓起火钳子，照着苟二升的胸口捅去，嘴上不停地怒喝："老子叫你再欺负！老子叫你再欺负！"

　　苟二升躲闪不及，火钳子捅进苟二升的身体后又捅穿了出来，捅出头的火钳子还"滋滋滋"地冒着黑烟！苟二升尖叫着倒在了地上，扑腾了几下不动弹了。

　　苟二升又一次被送到了县医院，抢救了一晚上，算是捡了条命。幸亏他当时躲闪了一下，否则火钳子捅进心脏就没命了。苟二升伤得很重，在医院里躺了足有半年多，出院回到玉兰镇后，成天待在炕上养着，也不大出门去镇子上闲转了。镇子上那些在剧院大门口晒太阳的老汉们说，苟二升这次是伤了元气，恐怕一辈子就得这样病快快的了。杨尕赔了苟二升一些医疗费，被派出所拘留了，说他是防卫过当，不过，杨尕媳妇打点了一番后，杨尕很快就出了派出所。杨尕出来后，转卖了小卖部，带着一家人去了外地打工，再也没回过玉兰镇。

五

王老汉说，胡天赐家的狗都知道占便宜，做生意。有一天，我的确看到过胡天赐家的大黑狗把信用社宿舍门口洗拖把的水桶叼回了他家。那天晚上，我梦见他家的狗叼着水桶到刘鸣家换了一块骨头躲在狗窝里吃。

夏收时，胡天赐托县城的朋友运来好几大捆县城化工厂装过化工原料的纤维编织袋，拆开了摆在他家商铺前卖，每个编织袋五毛钱，买十送一。这种编织袋比装化肥的编织袋要结实耐用，卖得非常火，母亲也花了五块钱买了十一个。

这天晚饭后，父亲和往常一样去了学校，他是班主任，晚上要跟晚自习。这个晚上，父亲比往常回来得晚了好久，一进家门，父亲便急吼吼地冲着母亲喊道："你今天买胡天赐家的编织袋了没有？"

"买了。在库房呢？怎么了？"母亲有些惊愕，愣愣地回复了父亲，我们几个孩子突然有些害怕。

"你没动那些编织袋吧，拿过来我看看。"父亲还是很着急的样子，不过语气缓和了一点。

"没有动呢，买回来就放在库房了。"母亲从库房里拿来从胡天赐家买来的编织袋。父亲拿起来看了看编织袋上的字，自言自语道："对的，就是它。"

父亲不再那么紧张了，告诉了我们晚上玉兰镇刚刚发生的一件大事：胡天赐一家吃晚饭后食物中毒了，六岁的独生子已经中毒死亡，胡天赐和两个女儿输着液连夜往县城医院送，胡天赐媳妇中毒轻，在玉兰镇卫生院输液涮肠后刚刚脱离了危险。

随后父亲细细讲述了整个事件。

胡天赐托人从县城带回来的纤维编织袋捆解开后，他媳妇发现里面有残余的像盐一样的颗粒物，有些编织袋里还有不少，用舌尖尝了尝，咸咸的，以为是未倒干净的食盐，便找来一个脸盆，细细地把所有袋子里残留的盐粒都倒出来，收集了足足有大半盆。

胡天赐媳妇晚饭做面条时，便把当天收集来的"食盐"撒在了锅里，尝了尝后，觉得咸度不够，又多撒了一些进去，拌凉菜的时候，也用了同样的"食盐"。

该吃晚饭了，胡天赐家的独生子军军在外面疯玩了一个下午，又渴又饿的，早早地跑到厨房里吃了满满两碗面条，还专门让他母亲盛了一碗面汤喝了。家里其他人正吃饭时，军军突然叫喊着肚子疼，疼得躺在炕上直打滚，上吐下泻，脸色发青发紫，家里其他人也陆续觉得肚子不舒服。胡天赐忍着肚子疼，找来了几片土霉素让儿子喝，孩子已经昏迷了，药根本喝不进去，胡天赐这才意识到孩子不是拉肚子，恐怕是吃的东西有问题，挣扎着喊来了几家邻居，邻居们背起几个孩子赶紧往镇卫生院赶。胡天赐和他媳妇都长得胖，被邻居抬到了架子车上往卫生院送。赶到卫生院时，军军已没了气息，死在了卫生院。

卫生院的大夫只是判断为食物中毒，但具体是什么毒品，却不能确定，只能赶紧给活着的人输解毒的药。胡天赐和两个女儿已经昏迷了，胡天赐媳妇因为是最后一个吃饭，吃得少，神志还算清醒，告诉了大夫做晚饭的整个过程，大夫仍然找不到中毒的原因，追问到最后，胡天赐媳妇才说起她用的盐是从编织袋里收集来的。大夫让镇上的小伙子从他家拿来了编织袋，在编织袋上找到了中毒的原因：胡天赐从县城运来的编织袋是工厂里装过亚硝酸钠的，亚硝酸钠是剧毒，和食盐很像，味道也是咸的。

玉兰镇卫生院的大夫从没有遇见过亚硝酸钠中毒，立即叫来了镇上的吉普车，连夜把胡天赐和他的两个女儿往县城医院送。

胡天赐和两个女儿得救了，胡天赐从此失去了唯一的儿子。

中毒事件发生后，胡天赐媳妇像是变了个人，整天神叨叨的，看见和军军年龄相仿的小男孩，总会呆呆地问："你是我的军军吗？"

胡天赐媳妇本来是胖胖的，夏收结束后，人变得枯黄憔悴，镇子上的人都说："好好的一身肉，都给抖①光了。"

胡天赐倒没什么变化，依旧整天忙碌着、算计着：忙着收租金，忙着进货看铺子，忙着经营两个班车，忙着包工程，忙

---

① 抖：当地方言，形容人快速变瘦的意思。如饱满的麦穗子，被太阳晒爆了壳，麦粒落到地里，只剩下瘪瘪的麦穗子。

着开赌场，就像只胖胖的不知疲倦的藏老鼠。

藏老鼠有藏不完的粮食，胡天赐有挣不完的钱。

十来年后，胡天赐的媳妇病死了，他的大女儿也出嫁了，生了一对双胞胎儿子，胡天赐想过继一个过来当他的孙子养，改随他的姓。女婿答应把老大过继给胡天赐，胡天赐自然是很高兴，孩子满月当天，胡天赐独自一人开着自己的小轿车去女婿家给孩子过满月。胡天赐那天很兴奋，车子在大路上开得飞快，也不知是什么原因，在一处长大下坡的路段，汽车飞出大路，顺着路边四五丈高的陡坡翻滚着冲进坡底沙河里的乱石窝里，翻滚中，胡天赐从车上摔了出来，一头撞在了一块大石头上，头被撞坏了，身子也撞得七零八落。丧事没法在家里办了，家里人在沙河边临时搭了个棚子，草草办完丧事，人就埋在了沙河沟边的一处台地上。

不多几年后，沙河发大水，洪水冲掉了台地和台地上胡天赐的坟。

胡天赐死了，他家的班车、电锯、商铺、旅社、宿舍和赌场照旧在玉兰镇，这些家业，大部分换了主人。

六

玉兰镇上有句俗语："勤汰子给老牛攒着呢！"

这句俗语源自一种老鼠。

玉兰镇上有一种生长在野外的短尾老鼠，有田鼠般大小，肚皮上长着黄毛,后背上长着深灰色的毛,玉兰人叫它勤汰子。勤汰子喜欢把纤维细软的草用嘴咬下来,叼着堆放成一个一个的小草堆,积攒起来再吃,春夏叼青草,秋冬叼枯草,四季忙碌。牛羊骡马经过那些草堆堆时,会几口吃掉这些天赐的草料,特别像牛这样的大牲口,伸出舌头,一舌头就把草全部卷入口中。

第六章

一

从玉兰镇到县城有一百多里路，前一半是土路，后一半是柏油路，土路和柏油路交叉处是个岔路口，往右拐是去县城的路，往左拐是到王家山的路。玉兰镇去县城的班车开到这个岔路口时，司机总要习惯性地大声喊上几句："走王家山的下车了！走王家山的下车了！"

"走王家山的"指的是去那里挖煤挣钱的人，这些挖煤人会在岔路口下车，蹲在路边等着去王家山拉煤的顺路车。

王家山是个大煤矿，那里有很多矿井，玉兰人所说的搞副业，多指去王家山的煤矿上当矿工挖煤，到煤矿上挖煤也是多数玉兰人的谋生路。

王家山的煤矿有四类。第一类是国家矿，这类煤矿管理比较规范，掘矿井、作支护、铺轨道、打风井、设通风机、监测瓦斯、采煤之类的工序配有专业的工程师做指导，关键作业环节配有安全员做检查和监督，事故率要低一些。国家矿有自己的正式矿工，不过真正在矿井下干活的正式工并不多，人数不到三分之一，其余三分之二的矿工都是农民，也有个别市民当矿工。井下挖煤的人不够时，矿上会贴招工广告，很多村民挤着报名，矿上的挖煤人平时都是人满为患，想要当矿工，还得走后门，没有后门的只能等着碰运气。国家矿有澡堂子，不过得趁早去洗，若去晚了，好几十人下饺子一样地洗过之后，澡堂子的水会变得和墨汁一样，腾腾热气里满是小便和洗衣粉的味道。正式矿工都有各自的换衣箱，下井前先到澡堂里换上锁在小柜子里下井穿的脏衣服，把干净衣服锁在柜子里。在井下干完活洗完澡后再把好衣服换上，脖子上还搭一条白毛巾，这样看着很讲究。临时招来的矿工不像正式矿工那样有衣服换来换去的，通常就两套衣服，一套在井下挖煤时穿，一套在井面上穿。绝大多数临时工不像正式工那样天天洗澡，尽管说洗澡不要钱，但从井下干完活后还要自己做饭，又累又饿的，没时间，也没有心情洗澡，再说炕上的被褥沾满了煤灰，黑乎乎的，洗完澡睡一觉身上还会变脏，索性也就不洗了。有的人连脸都不洗，就那么一直黑着。那些天天洗澡的工人，头发都被洗得干涩涩的，像冬天里枯萎了的芨芨草。国家矿的工人有自己的宿舍，是几排平房和几栋两三层的楼房，临时工如运气好，可以住在公家多余的职工宿舍里，而多数人都住在窑洞里。王家山采煤已有千年的历史，多少辈子的矿工在那里挖煤，自然有很多住人的窑洞，窑洞里盘上占半个窑洞的炕，用砖砌个炉子，洞门外挂个帘子就可以住人了。省里在王家山有几个煤矿，县里也有好几个，这类煤矿都是国家矿。

第二类是集体矿，指县属十几个乡镇在王家山的煤矿。这类矿也有自己的技术员，大多是一些经集中业务培训的矿工和关系户，由他们指导矿上的各类作业。矿上很少有安全员，即使有，也极少去矿井下。矿上的正式职工只有矿长和会计，其余的人都是临时招来的。这类矿没有洗澡的地方，农民搞完副业，到国家矿的澡堂子里去洗，澡堂子没人管，洗完了换上干净的衣服就直接坐车回家了。矿上没有宿舍，矿工们都住在窑洞里。集体矿的各种安全设施和国家矿看着是类似的，但在管理上远不及国家矿那么规范。单凭几个不专业的技术员指导采煤，是保证不了安全的。矿长只负责联系车辆，把煤卖掉，会计负责做账，矿上的账也只有矿长和会计知道。

第三类是私人矿，也叫小煤窑。私人接手过别人转让的小煤窑，或者出些钱，走走关系，买块地，雇一些挖煤时间久的矿工当技术员，就可以自己开矿了。矿井的掘进与支护全凭矿主和技术员的经验及感觉，若打偏了，换个地方继续打，直到探至容易开采的煤层为止。矿井的支护，或买或偷些废旧的木材、钢管搭设支护棚架，有些地层稳固段落，索性省去支护措施，矿主和技术员认为矿井是稳定的，那便是稳定的，做支护岂不是要多花钱？坑道要是不稳定，掘进时就会塌了，哪能等到采煤时才塌呢？矿主大多是这么认为的，所以这类矿从一开始就埋伏了安全隐患。小煤窑也有通风设施，是条缸口粗的输气软管，一端连着鼓风机，另一端通到井底，鼓风机成天"呜呜呜"地吼着，但真正输进矿井底部的空气微乎其微。小煤窑没有直通矿井底的风井，空气无法循环，单凭设在矿井井口和井中部的鼓风机并不能把空气有效地输入井底。矿主没打算经营小煤窑一辈子，挣上些钱后会把小煤窑转卖给其他人，谁也不愿意花钱开凿风井，白白花钱。另外，小煤窑采煤的随意性大，只采容易开采的和煤质好的部分，采完后重新打坑道继续探煤，因此资源浪费严重。采完煤的矿井和探矿时打废了的矿井并不做封闭处理，空气进入后煤层会松动，经常引起局部山体的塌陷，而塌陷区的煤层无法再进行开采作业，煤层被严重破坏。公家的矿井里严禁吸烟，小煤窑里也禁烟，可没人管这些，井底下的矿工想抽也就抽了。井下空气稀薄，火柴或打火机点不着火，派个人去通风口，嘴巴上叼着七八支烟，把烟一起点着了，狠狠地抽几口，红红的烟头足足有半根烟长，然后再快速回到井下，把烟散发给其他矿工抽。有些胆子大的矿工，把两根电线凑在一起打出火花，用火花点烟。矿工们长时间待在井下，或许把生命的状态淡忘了，禁止做和严格禁止做的都做了，觉得哪有那么运气差，偏偏就能碰上瓦斯爆炸呢？

　　小煤窑的采煤工法和国家矿、集体矿大体上是一样的。采煤区预先由掘进队开掘出水平向的采煤支井，防护棚架施做完毕后，开采队在支井末端用炸药炸塌顶部煤层，煤层塌落下来，由运输队在防护棚架下面的作业面内装运末端垮塌下来的煤，这些煤，有一小部分是够不着的，尽管近在眼前，却禁止开采，因为它们在防护棚架下的作业面之外，其上方的防护棚架已炸毁，矿工在作业面之外装煤是极危险的，失去棚架支护的煤层随时会垮落，砸死砸伤人。这些疏松的，看似易于开采却危险性极大的煤层须在下一个开采面采煤时一并开采。运输队将末端的煤运完后，开采队继续用炸药紧贴着末端连同棚架及顶层的煤炸落，运输队继续在紧临有顶层棚架防护的作业面内运煤，仍有少量够不着的煤积存。这样倒退着一节一节地把第一个水平面的煤层采完，上面失去棚架支护的地层会塌落下来埋掉支井。沿主井继续向下掘进一定深度，从已经垮塌掉的第一道支井下方横向掘出第二道水平支井，做完支护后同样从最末端倒退着采煤，这样，上层废井的底部便成了新井顶部，废井内积存的未运走的煤会和新支井顶层的煤被一并开采。这种开采工序，如果措施到位，人员规范操作，可以进行八九个水平面的作业。在小煤窑里，矿工们会凭着侥幸心理在失去棚架保护的工作面上开采塌落下来的煤层，头顶的煤层极易松动后塌方，造成矿难，死人伤人便是难免的了。小煤窑的采煤工艺控制比不了集体矿，更比不了国家矿，通常能进行一两个水平面的作业，好多煤层没有完全采完就不采了，把本该能开采的煤层永远埋在山体里。小煤窑里极少有专业的安全员进行焖气①探测，矿工们如一脚踩进滞留有焖气的区域，只需要一口焖气，人便会没了命。

---

① 焖气，当地方言，瓦斯气。

第四类是些废弃的矿井。几个人凑在一起，凭运气在这类矿井采煤，矿井没有轨道，也就没有运煤的矿斗车，全靠手工挖煤，挖好后再用担筐运出来。担筐是最原始的运煤工具：把装好煤的煤筐一前一后系在扁担上，矿工用肩膀扛起前筐连着扁担的绳子，让前筐垂于胸前，把整条扁担背在后背上，后面的煤筐垂在矿工的臀部，手脚并用，背着装满煤的担筐从矿井里爬出来。早期挖煤，没有电灯照明，由矿工口衔"猫儿灯"，即一盏点清油的瓦灯照明。瓦灯形如太太的小脚鞋，两头各有一大一小的孔，大孔用来加清油，小孔穿灯芯，这种瓦制的灯易碎，后来有了装油漆的小铁桶，在桶盖凿孔安装灯芯制成新式"猫儿灯"。父亲说，"猫儿灯"平时并不点亮的，只有在矿井内吃干粮和装煤时才点着，挖煤人把"猫儿灯"叫亮子，火柴叫开子，吃饭用的筷子叫箸子，都是些行话。现在有了充电的矿灯，"猫儿灯"也就不用了。老辈人讲的背煤就是指用担筐运煤，祖父和父亲也用担筐背过煤。在这类矿井里，矿工运出来的煤如果能找来矿上运输公司的卡车拉出去卖掉，把钱装入口袋，这是最好的结果。如果卖不掉只能堆着了，成年累月地堆得久了，卖不掉也就无心再守那煤堆了，最后自然就丢掉了，至于那堆煤最终被谁得了，就没人知道了。这类煤矿的矿难中死了人是没有声息的，有时几个人同时被埋在矿井里，不会有人知道他们的音信。有一年，王家山来了三个操着外县口音的人，他们在一个废弃的矿井里挖煤，每天不停地挖，不停地往外背煤，不停地往煤堆上堆煤。大半年过去了，煤堆渐渐地由小煤堆变成了大煤堆，大煤堆足能装十几卡车的煤了！后来人们突然发现那个大煤堆再没有人往上面堆煤，这才想起那三个人已经好久不见了。有个矿工盯上这个没了主人的大煤堆，托关系找来矿上的卡车把煤运出去，卖到附近的电厂里，得了一笔意外之财，卷起铺盖便回了老家。至于那三个外地人，就没人过问了。

玉兰镇上也有座煤山，叫煤窑山，它和小东沟隔着沙河，沙河的东边是小东沟，西边便是煤窑山。煤窑山黑乎乎的，夹杂着些灰白色，那是山上泛出来的碱壳壳。煤窑山上生长着些稀疏的灌木和芨芨草，其他类的草很少，即使有，也长得不旺盛，也没有人去煤窑山放牲口、放羊。山上到处是黑咕隆咚的洞穴，它们是祖祖辈辈的玉兰人用镐头铁锹一点一点啃出来的煤井，镇上绝大多数人家用的煤都出自这些小小的矿洞。少数家境好的人家、镇政府和学校买王家山的煤，王家山的煤质量好，但价钱高，煤窑山的煤质量差，烧起来满屋子都是刺鼻呛人的味道，但价格要比王家山的煤价钱低得多。这些小煤洞有的废弃了，有的仍有人在里面挖煤。我见到过挖煤人从里面背着担筐子爬出来的情形：黑洞洞的煤井内，忽然有沉重的喘息声传来，顺着声音能看到挖煤人的眼睛、嘴巴和牙齿，身体的其余部分与那黑黢黢的煤井是一样的颜色，必须仔细分辨才能看得明白哪里是脸、哪里是手、哪里是背上的担筐子。煤窑山上有一些塌陷的大坑，那是煤井塌陷所致，大人常告诫我们，那坑里人是不能去的。煤窑山的煤井里总免不了死人的，有的死了的人拖运不出来，就一直埋在了矿洞里。我一直不愿意去煤窑山，总觉得那里煞气很重，就像镇子里时常宰牛的那个小棚子，镇子上的牛总要绕着走一样。

二

　　玉兰人去王家山挖煤早已形成一个传统了。不去挖煤，柴米油盐的钱、孩子上学的钱、扯布料做衣服的钱、盖房子的钱、婚丧嫁娶的钱又从哪儿来呢？

　　春耕完到夏收始，夏收完到秋收始，秋收完到来年春耕始，玉兰人多集中在这三个时间段外出挖煤。只要地里的庄稼能稍微离得开人，玉兰人便会背上铺盖卷儿，带些晒干的馍馍直奔王家山挖煤挣钱。这支挖煤的队伍在每年寒假时是最庞大的，一些在县城读书的高中生和在玉兰镇读初中的学生会选在寒假去王家山煤矿挖煤挣学费。大姐的高中同学高卫军每年寒假都去王家山挖煤，他在县城读书的学费和生活费全部是自己在煤矿上挖煤挣来的。我的初中同学王明和丁林上初二的时候就去王家山煤矿挖煤，开学时他们穿着用自己挣的钱买的流行衣服。王明告诉我说，他在矿上学会了抽烟，因为矿井下的空气污浊，脑袋老是闷闷的，抽烟后能感觉轻松一些。

　　玉兰人去王家山挖煤，总赶在人多时去，就像春运一样：农闲时间总是固定的，那么多的挖煤人便只能挤凑到一起了。到了煤矿，至少得等几天，四处找熟人，托关系，才能寻得下井挖煤的机会。挖煤期间，家里没有要紧的事情，挖煤人是不回家的，即使过年也留在矿上。

父亲去王家山挖煤，只能利用寒假的时间去，暑假恰是夏收时节，家里庄稼仅靠母亲带着我们几个孩子是料理不过来的。父亲有两个寒假去了王家山挖煤，第一个寒假结束后父亲挣了一百多块钱回来，那是他当老师每月工资两倍多的钱。父亲跟母亲说，他在玉兰镇的集体煤矿挖煤，矿长是刘红，原是在学校当老师，和父亲共事过，干了几年辞职去玉兰镇煤矿当会计，后来当上了矿长。有了这层关系，父亲没像其他人那样要待上几天等待挖煤的空缺，去到玉兰镇煤矿的第二天便下井挖煤了，没有耽误一天的时间，所以工钱要多一些。第二个寒假刚刚开始，父亲又去了王家山，和同镇的吴思在陈六子的小煤窑挖煤。吴思和矿主陈六子很熟，不用等待挖煤的空缺，另外小煤窑的工钱要比集体煤矿高一些。

父亲和前一次一样，住在王家山的窑洞里，里面一共住六七个人，都是玉兰镇的老乡，相互认识。几个人住在一个窑洞里，有的人上白班，有的人上大夜班，有的人上小夜班，彼此不同班，吃饭点自然不在一起，于是不同班组的人凑在一起搭伙做饭。上白班的人下矿井前，多做点饭留在锅里，下了大夜班的人回来就可以吃上热饭，白班的人下班后，大夜班的人睡醒了，连同白班人的饭一起做好，上白班的人也可以吃上现成的饭了，挖煤人就是以这种互助的形式相互照应着。有的人从家里来时带着米和面，这米和面折作伙食费，搅在总账里面。

挖煤的三种班，白班是最好的，从早上十点到下午六点，这一时段正是人精神头最旺盛的时间，早饭和晚饭点都是人最习惯的时间点。小夜班从下午六点到凌晨两点，午夜过后，人要犯困，不过熬一熬也就过去了，下井前好好吃一顿饱餐，收工后要是困得慌，喝口水，吃点干粮后就可以睡觉了。吴思饭量大，不吃饱饭饿得睡不着，上完小夜班后，他自己切些大块土豆，煮在大锅里，看着土豆在锅里煮得稍微变色，夹起来就吃，脆生生地嚼在嘴里，看着很是馋人，父亲也跟着吃一些。大夜班是最难熬的，从凌晨两点到早晨十点，正是人最困的时间，下井前草草吃些饭，出井后困得不想吃饭，多是直接睡觉了，醒来后再吃。煤矿上不同时段的班组三班倒，每十天调换一次。

下井前，班长要把组员召集在一起开班前会进行安全教育，讲讲安全作业的各种规章制度，说的话自然是很有道理。但在小煤窑里，不过是走走过场罢了，没有人执行，也没有人监督。小煤窑这类煤矿，很多设施都很简陋，矿道内的轨道，国家煤矿有上下行两条，轨道下是枕木，枕木嵌固在道砟里，道砟下的地基专门做过平整处理，小煤窑的轨道只有一条，用的多是些废旧钢轨，只有枕木却没有道砟，枕木直接放在矿道底部挖出来的凹槽内，矿道底高低不平，坑坑洼洼的，轨道自然也就不平顺，矿斗车脱轨的事情常有发生。单轮和单侧双轮脱轨还好处理，几个矿工连抬带搡，费不了多少周折便可将矿斗车推入轨道，如是三轮或四轮脱轨，则需要班长叫上作业队的七八个矿工，或蹲或跪在矿斗车四周，指挥着矿工们用钢钎撬，用手抬，用肩扛，将装满煤的矿斗车抬入轨道。国家矿的矿工上下班有专门载人的人车，小煤窑却没有，矿工们多是蹲坐在矿斗车里上下班。矿斗车用铁环锚销在缆绳上，缆绳由矿井口的绞车牵引，下井时，绞车放开绞盘上的缆绳，矿斗车自动沿斜井进入井下，下班出井时，绞车收紧绞盘上的缆绳，由缆绳牵着矿斗车出井。这期间，矿工的脑袋不能露出矿斗车，说不定就有矿道支护棚架上的凸起物撞在脑袋上。

载着矿工的矿斗车下井时走到采煤支井入口的平台处，井上控制绞车的人根据缆绳上做好的位置标志让矿斗车停下来，矿工们爬出矿斗车，卸下缆绳上的矿斗车，推着矿斗车沿支井的轨道进入采煤区，采煤区内有开采队用炸药从支井末端炸落的散煤，这些散煤由运输队用大方头铁锹装入矿斗车，矿斗车装满后，矿工们再将矿斗车推到采煤支井入口平台处，把矿斗车重新锚销在缆绳上，按电铃通知井面上的绞车控制手开动绞车，将矿斗车牵引出矿井。井面上两人一组的矿工负责把矿斗车从缆绳上卸下，推着矿斗车沿铺设在卸煤堆顶平台上的轨道冲至轨道尽头，轨道尽头设有名叫磕头机的锁定装置，锁住矿斗车的前轮，工人顺势抬起矿斗车纵向翻转，将煤卸掉，再反向翻转矿斗车复位于轨道上，解开磕头机，推着空的矿斗车返回到井口的绞车处，将其重新锚销在缆绳上，卸载后的矿斗车由绞车牵引着重新进入井下。如此，完成了一个运输过程。在井面上，有专人负责计量班组运煤矿斗车的数量，以此作为运煤的计价依据。在井面上负责卸煤的矿工，他们工作量的计价不是以卸煤数量为依据，而是按工时计价。井面上的卸煤堆，说是煤堆，却是没有堆顶的，其顶部是个平台，和矿井的出口基本在一个水平面上，上面铺有运煤的轨道，轨道的尽头便是煤堆堆顶的边缘，矿斗车卸下的煤顺着堆顶平台边缘滚入堆底。堆底下，有卡车在排队拉煤，把煤运出矿区。装煤的工人，基本是三班倒时休息的矿工，反正闲着也是闲着，还不如在井面上装车，兼份活儿挣钱。装车的工钱，按装车数量计价，装车的人里面，有随男人一起来煤矿的女人，她们不下井挖煤，只在井面上干些杂活。从矿斗车上卸下的煤里面有大煤块，大煤块的价格高，需要筛选出来，这筛选的活大多是女人在做，她们手里拿把大铁头耙子，把煤块从煤堆里耙出来。这些女人干活泼辣而有韧性，像菜刀的刀刃。在煤矿上，干活不分男人和女人。

父亲所在的班组是运输队，一个作业队有十来个人，每个工班大概能运出二十多斗煤，若碰上采煤条件好，矿车走行时的事故少，最多能运三十多趟，这种情况是极少的。矿道内的轨道用得久了，加上矿井周边岩体挤压矿道，矿道底高低不平，许多枕木都和钢轨脱开了，轨道不稳定，矿车时不时会脱轨，需要矿工们去把矿车抬进轨道，浪费掉一部分时间。若碰到一些意外的事故，耽误掉的工时会更多。

有一次空矿斗车下井时，负责把矿斗车钩挂在缆绳上的人忘记了扣挂矿斗车，直接把矿斗车推入斜井，失去控制的矿斗车顺着轨道跳跃着飞速冲下，将矿井支护棚顶棚的木材砸得七零八落，没走多远，矿斗车脱轨了，顺着轨道旁的人行通道横冲直撞，又将支护棚两侧的立柱撞得到处都是。所幸的是当时不是上下班时间，轨道两侧的人行道上没有矿工，否则伤亡事故在所难免，而那天修复矿井的支护棚耽误了矿工们大半个工时。

父亲说，在井下，矿工须大声地相互喊话才能勉强听得见，设在矿井里的几台大口径鼓风机不停地吼叫着给缸口粗的一直延伸到井底的输气筒里鼓气，风机的轰鸣声和气筒"嗡嗡嗡"的振动声混在一起在矿井里震荡，哪里还听得见说话的声音？听不见说话声并不妨碍什么，大家只管闷头干活就行，可干不了一会儿人就觉得没力气了。井底的空气实在是过于缺氧、过于浑浊了！虽说风机不停地往井下输送空气，可小煤窑不像国家矿设有竖向的风井、鼓风管道，空气可以流通。小煤窑矿井内的空气是无法流通循环的。其入口段还有些新鲜空气，到了井底即使有空气吹了进来，也是矿井内缺氧和混着煤末的气体。

父亲说，在井下挖煤，四周都是黑洞洞的，大脑一直是懵懵的，总是觉得眼前隔着层雾一样的白幕，即使井下的电灯把眼前照得很亮，那白幕也不消失，像是蒙住了眼睛的漫天厚重的沙尘。临收工前一个多钟头的时间，基本是在煎熬中度过的：缺氧环境下繁重的劳作早已耗尽了体力，推走装满煤的矿车后，矿工们直接坐在积水的坑道内，靠着井壁休息，大脑如果还有些许思维，总是成定式地念想着家里的老婆孩子，念想着老婆做的又酸又辣的臊子面，念想着煨得热热的炕，念想着回家时能买些什么，盘算一下能挣多少钱。

在矿井下挖煤的日子就这样一天一天地熬着,日子被熬得又稠又长!熬归熬,却绝不能怠工,怠工出不了活,不出活便没有钱,挣不到钱来这不见天日的地下矿井做什么?难道是为了体验苦难吗?没有人愿意待在苦难里,这样的苦难中时间是被拉长了的,幽深的矿井下时光真正漫长得要死!

三

腊月二十三那天,父亲上大夜班,和吴思、周华一起下井挖煤,如往常一样在支护棚下用大方头铁锹往矿车里装煤,四周是沉闷震耳的鼓风机轰鸣声。大脑是麻木的,思维被声响和机械的劳作扯成了碎片,在井下苍黑污浊的气流里飘零。突然,"嚓"的一声从头顶传来,紧接着父亲的安全帽滚落在地上,插在帽子上的矿灯灯头也掉在地下,不过并没有滚落太远。灯头由小拇指粗的电线连着,电线的一端连在系在腰间的电瓶上。一个短暂的愣神后,父亲猛地反应出来是有煤块打在矿帽上,击落了矿帽,父亲弯下腰去捡矿帽时,听见有人在呻吟:"哎呀,张老师啊,我的腿怕是打坏了!"这是吴思的声音。父亲顺着声音寻去,在矿灯的灯光下,父亲发现了趴在地上挣扎着的吴思。吴思的矿工帽不知滚落到什么地方,随身的矿灯也不见了,大半个身子埋在了煤堆里。父亲这才意识到刚才是煤层塌方,赶紧凑到了吴思的身边,其他矿工也围了过来,一起动手掀开堆在吴思身上的煤块,父亲顺着吴思的身子往腿上摸，摸到小腿时，触到一个硬硬的鼓包，紧接着摸着了鼓包后面松垮的小腿和脚，吴思的腿的确被塌方的煤块打折了。父亲却这样安慰吴思道："不要紧的，你的腿没啥问题。"说着话脱掉自己的上衣，快速把上衣撕成布条，将吴思断掉的腿绑扎好，其他矿工一起帮忙，把吴思抬进矿斗车内躺着，父亲靠坐在矿车前端，抱着吴思的上身，照看着他，乘坐矿斗车到了井面上，其他矿工走轨道两侧的人行道出矿井。矿车刚走，松了一口气的人们突然发现少了周华，匆忙返回塌方处，在厚厚的煤堆里，人们发现了被砸死的周华。

塌方的煤层把吴思砸成了重伤，砸断了他的右腿，命是保住了，但失去了右腿，而同行的周华，把命丢在了王家山煤矿。

周华死了，班组剩下的人继续下井挖煤，就像什么事情也没发生过一样，照常装车，运煤。

周华死了，矿主陈六子买口棺材收敛了，用卡车运回玉兰镇，卡车快到玉兰镇时，经过名叫石场的一处平地，人们把棺材从车上抬下来停放在石场周围的窑洞里，那些窑洞据说是最早的玉兰镇屯兵之处。"死不进门"是玉兰镇的习俗，像周华这样在外面伤病意外死了的人是不能进镇子的，亲属们在窑洞附近祭奠一番，由风水先生择吉日安葬，也不操办丧事。人已经死了，剩下孤儿寡母的，哪有心思办丧事呢？

这次矿难后，父亲回到家，母亲请来祖母劝父亲："五儿啊，你这手底下还有一疙瘩娃娃呢，可不能有什么闪失。咱富了富过，穷了穷过，人在比什么都强。"

自此，父亲再没有去挖煤。

　　"吃的阳间饭，干的阴间活"，挖煤死人在王家山煤矿上是个平常事情。玉兰镇上每年都有死伤在煤矿里的人，多则三四人，少则一两人，每年如此！死了的人一死百了，只不过是在玉兰镇周边的山里新添了个坟头而已，只不过是把痛苦和悲凉留给了活着的家人，而这痛苦与悲凉会随时光慢慢消散。伤残瘫痪了的人，真正是把痛苦和悲凉留给了自己，得用余生时时望着那痛苦和悲凉，直到油枯灯灭。镇子上的王灿，多么能干、利索的小伙子，在矿难中腰被打折了，瘫了三年多，屎尿全在炕上。有年正月里闹社火时，他趁其他家人去看社火的时候，在喧天的锣鼓声中，挣扎着取下炕柜柜面上的笸箩，拿出里面做针线用的剪刀，自尽而亡，算是真正解脱了。凄苦中，躯体与精神都被熬干了，熬干了反而干净了！

　　玉兰镇的人口不过是四五千人，可姓氏很杂，有三十多家不同的姓，这源于它位于古丝绸之路。许多外乡人到玉兰镇做生意或逃荒至此，陆续落脚，姓氏自然就杂一些。这些不同姓氏的家族，多数都有过死在矿上的人，刘姓是玉兰镇上的大姓，足占全镇十分之一的人口，多数集中住在镇子的东头。有年冬天，前后不多的几天之内，刘姓族人有三个青壮男丁接连死在了矿上。三口冰冷的棺材前后脚地停放在石场边的窑洞里，那个寒冷的冬天里，夜夜有女人幽凄的悲泣声回荡在玉兰镇的上空。那悲泣声像是在吟唱般倾诉着自己和逝者的过去、现在及荒凉的未来，那悲泣声像朵血红的花漂在河沟里，越鲜亮，就越觉得悲苦。

生命如浮萍飘零，观者说逝者的生命可惜，可在漆黑的矿井里，逝者自己却不知道在乎，危险如是来临，就当是和苦难作别。

那年春节祭庙时，刘姓族长瞪着通红的眼睛，指着龙王庙里的龙王塑像悲怆道："龙王爷啊，破四旧时，我们刘家人把您东躲西藏地护着，您的金身才保全到现在，可你咋就一点不庇护我刘家人呢？"

较之刘姓人，张家巷的人则要幸运得多，那幸运源自一个神奇的梦。

依旧是在王家山煤矿，依旧是个冬天，三叔和七叔兄弟俩在一个班组里挖煤，那时候，太太已经去世了。兄弟俩井下没挖几天煤，有一天夜里，三叔做了一个清晰的梦：

三叔去矿上的菜市场买菜，迎面碰见了一位骑着白马的老人，走近了看，原来是太太。三叔正要赶上去牵住马扶太太下马，不料，太太却自己跳下白马，沉着脸，举起藤条拐杖朝着三叔就打，嘴里还不停地责骂："你这个没事人，好端端地跑到这种地方来干啥？"

三叔吓得拔腿就逃，太太紧追不舍，嘴里仍在训斥："你把你女人和几个娃娃扔在家里，吓得他们夜夜哭叫，吵得我睡不安生，你这个没事人还不回家哄他们去！"

说着话，一拐杖打在了三叔的胳膊上，三叔醒了，正是午夜时分。

早晨起来，三叔跟七叔说："老七啊，昨晚奶奶给我托梦让咱俩回家呢，奶奶说矿上要出事。"说者和听者心里多少有点怵意。那天兄弟俩上的是小夜班，早饭后俩人去井面上给卡车装煤兼职挣钱，不多一会儿，白班下井挖煤的矿工提前收工了，井下有两个人被焖气焖死了！当天，三叔和七叔就在矿上结了工钱，第二天便回家了。

王老汉统计过，玉兰镇上挖煤死在矿上的足有一个排的人。谁谁家的男人死了，谁谁家的儿子死了，谁谁家的兄弟死了，都是哪年死的，掰着指头都能算得出来。

有一年庙会，有人提议在娘娘庙上设平安轿，保佑镇子上的挖煤人能平平安安。那个平安轿如椅子一般大小，做好后，里面贴好神灵的牌位，外面裹上红布，请风水先生念了几天经文，供奉在娘娘庙里，可玉兰镇上的挖煤人仍是每年都有死的。

挖煤人天天在矿道里干着阴间的活，哪能都躲得了死呢！

四

一批批的玉兰人去王家山煤矿挖煤，像是历朝末期造反暴动的农民队伍一样，为了改变命运而挣扎，大多数的人到头来不过是个小喽啰，但这该算是不错的，至少人是活着的，而有的人为此却把命搭上了，倒还不如一直就面朝黄土背朝天地种那两亩地呢！穷是穷些，但至少人是活着的。有少数人却靠煤矿发迹了，成了镇子上有头有脸的人，有的人甚至成了县里、市上的大人物。

刘红当矿长的那些年，木材与煤的价格涨得很快，像春天里的辣椒苗，一天高过一天，卡车拉煤都得排着队。刘红的小舅子罗成文有辆卡车，一直在王家山煤矿拉煤倒煤，自从刘红当上矿长，那辆车便像是刘红私人的车了，专门负责给刘红一个人卖煤。刘红让把煤拉到哪就拉到哪，说卖给谁就卖给谁。玉兰人说刘红当矿长正应了他的名字中的一个"红"字，是红运当头。县里翻修鼓楼文化广场，刘红以玉兰镇煤矿的名义捐了三十万元，当年被评为全县的明星企业家。第二年刘红调回玉兰镇当上了副镇长，成了正式的国家干部。刘红干了一年多的副镇长，调到县里组织部当干事，接着当上了组织部副部长、部长，后来又调到市上的组织部。刘红算得上从玉兰镇出去的大人物了。

刘红当矿长时，曾东是煤矿的会计，刘红当上组织部部长时，曾东由煤矿调到县医院当会计，过了几年当上县医院的副院长，玉兰人到县城看病基本都要先拜访他。

玉兰人把煤叫作黑金子，绝大多数的挖煤人只是挣点辛苦钱而已，而开矿卖煤才是发财的路子。

镇子里的陈六子，长着个酒糟红鼻子，人们都叫他红鼻子，当面却叫他陈矿长。陈六子土地下放前负责给玉兰镇看守麦场和戏院，一直没讨上媳妇，土地下放后他没有种地，而是把地租给了别人，自己去了甘南藏区倒卖木材，挣了不少的钱，还领回了外县的一个年轻女人做老婆。没过几年，陈六子贷款买了几辆卡车搞起了运输，倒煤倒木材，赚发了。发了财的陈六子紧接着花钱在王家山买了处矿山，开起了小煤窑，自己当上了煤老板。私人开矿是一本万利的生意，挣的钱全是矿主自己的，陈六子很快成了全玉兰镇最有钱的人。

陈六子长着一对小眯眯眼，偏偏又长个大大的酒糟红鼻子。土地下放前，陈六子一是没钱，二是长得难看，谁也不会把姑娘嫁给这么难看的人，他的红鼻子算是耽误了他的婚姻大事，可三十年河东，三十年河西的事儿谁都说不准，不过十来年的工夫，陈六子就成了玉兰镇的首富。而这时，玉兰人却说他的红鼻子是有讲究的，叫"红棒儿"，主财运。

一般的小煤窑只是采煤和卖煤，只是挣煤上的钱，陈六子有自己的运输队，他靠运输队把煤运到用煤厂家，挣的是煤和运输的两份钱。玉兰镇上的几个小伙子被陈六子雇了当卡车司机，跟着陈六子赚钱，小伙子们每年过年都是开着卡车回来，神气得很！陈六子家平时有什么事，运输队司机的父母都抢着帮他家料理。过年时，他家更是热闹非凡，提着礼物给陈六子拜年的人络绎不绝，这其中大多数人无非是想到他的运输队给自己或孩子讨个营生做。

陈六子的煤窑和车队，就像他两个揽钱的耙子。陈六子的钱，应该是拿麻袋装的，玉兰人都这么眼红着议论陈六子。可即使这样，陈六子有一次专门找到了我父亲，让父亲当保人，保他到信用社贷款。母亲说，陈六子那么有钱还想着法儿地贷款，真正是越有钱越往钱眼眼里钻。

王家山百余家的煤矿，每隔段时间，有关部门要进行安全检查与整治。煤矿的安全管理与设施不合规的，或罚款或封矿停业整顿。这样的检查，声势有大有小，过程有长有短，但最终是拿钱了事。这样的检查，年年如此演绎，本是再平常不过的事情，但偶尔也会有波澜荡起，有时，甚至会有些惊天的波澜出现。

又一轮的检查开始了，工商局的封条在大小的矿井口贴得到处都是，陈六子的小煤窑也不例外。如是往常，小煤窑不过是关停些日子，给管事的领导塞些钱后重新开张而已，但那次，陈六子却一天也不愿意等待。他的矿井遇上一处极好的煤层，就怕错失了机会，让别家的矿劫①了去。

起初，陈六子揭开封条，晚上偷偷地采煤，后来索性白天黑夜地连着干，当那封条不存在。陈六子还煽动其他小煤窑矿主也跟着他一起干，每干一天，腰包就鼓一层。小煤窑矿主撕封条，私自挖煤的事情县里很快就知道了，工商、税务、矿务等几个部门十几号人到煤矿上对私自采煤的矿主进行调查。陈六子对矿工们疯狂煽动："就是这些工商税务的人害得咱们挣不上钱，砸掉他们的车，赶跑这些大檐帽！"

矿工们本是来挣钱的，拖一天就少挣一天钱，经陈六子的鼓动，矿工们嚷嚷着躁动了起来。几十个矿工手持棍棒砸坏检查人员所乘的车辆，执法人员被打伤。陈六子站在煤堆上，对执法人员狂叫道："罚款我陈六子认，可你们封矿，我陈六子

---

① 劫：采煤的行话，其他煤矿的矿井延伸到煤质好的煤层，把煤抢先采完。

不认！"

"陈矿主说得没错，你们这些穿制服的人真正是把人往绝路上逼！"

跟着陈六子的几个矿主，随声附和着。

标致些的女人心气自然会傲些，有了钱的男人自然要狂些。

在陈六子的眼里，这些执法人员根本算不了什么。他有的是钱，有的是身居要职的熟人，一般人充其量可以凭钱让鬼推磨，陈六子却能凭钱让磨推着鬼转圈。在王家山煤矿混了这么多年，陈六子什么样的人没见过，什么样的事情没有摆平过呢？否则，他也在王家山煤矿立不住脚。

这次严重的抗拒执法事件再次惊动了县里，县公安局紧急出警到煤矿抓捕违法者。陈六子在县政府的熟人很快把消息传给了他，跟随着他的矿主得到消息都逃之夭夭，陈六子却没有跑，他派人把几辆卡车停放在进矿必经之路，鼓动一帮年轻矿工潜伏在车厢里对付公安，车厢里备着石块与棍棒。陈六子对他们承诺："这几天，你们每人一天一百元钱，烟酒糖茶食宿我全包了。你们只管打那些大檐帽，出了事情是我陈六子的！"

警车到王家山，通往矿井的路被陈六子堵了，警察下车准备清理路障，陈六子站在卡车旁的一个小山包上，挺着鼓鼓的将军肚，对着几个车厢喊道："都给我出来，打这帮大檐帽！"

霎时，密集的石块抛向路上的警察，警察始料不及，很多人被打伤了，紧接着，陈六子又喊道："抄家伙，给我打！"

车上的矿工们提着棍子跳下车，朝警察冲了过去，一场械斗眼看就要发生！警察开枪示警后，才止住了事态的发展。随后，大批警力赶到，开始抓捕闹事的人。而陈六子早开着车逃走了，他煽动起来的一帮没来得及逃跑的矿工却被抓了起来。陈六子指挥闹事的过程，被警察录像，一时间，到处都在抓捕闹事袭警的人，核心人物就是陈六子。

　　陈六子像是从人间蒸发了一样，突然没了音信，而公安局的抓捕行动也渐渐地没了声息，就像那件惊天的袭警事件从来没发生过一样。陈六子用钱摆平了所有事情。

　　那次事件后，政府部门借机彻底炸毁了王家山所有的私人小煤窑。陈六子带一帮人去了新疆的塔里木油田，那时正是油田组建迅猛发展的时期，陈六子在油田承包了一些平整油井井面场地、施工井架和修建油田道路的活。陈六子又发迹了，比他开小煤窑，搞运输还要发达！陈六子在当地建起了最好的酒店，还当上了政协委员，成了当地的名人。

第七章

一

　　玉兰镇有四所学校，镇子东头和西头各有一所小学，镇子东头的叫上川学校，西头的叫下川学校。这两所学校的规模很小，各有三五个民办教师和几十个学生。低年级和高年级的学生合成一个班，这样的班级叫复式班。在课堂上，老师预先给低年级的学生布置几道习题做，然后给高年级的学生讲课，讲到半节课时，停下来再给低年级的学生讲课，用这种循环的课时安排完成不同年级学生的教学。除了这两所规模小的小学，还有两所规模大的学校，一所叫玉兰学校，另一所叫玉兰中学，两所学校都地处镇子的中部位置，玉兰学校在小路边上，玉兰中学在大路边上。

　　玉兰学校的校门是座牌坊式的建筑，一直是镇子上最有特色的地方，也是方圆百里很有名的景致，在中华人民共和国成立前就有。

　　中华人民共和国成立前，全县只有四所高小，县城里有一所，其他三所分别设立在县属的个别乡镇上。玉兰镇只有一所设有初小部的小学，学生初小毕业后，再到离镇子最近的永安镇高小上学。有一年，永安镇高小的校长和教务主任闹矛盾，校长负气背着永安镇高小的公章来到玉兰镇，说要在玉兰镇新建高小。此举正满足了玉兰人的心愿，人们高兴得跟自家盖新房一样！玉兰人要修建全县最好的高小啦！镇长请来风水先生选址，选在了玉兰镇的正中位置，风水先生说，校址所在地叫玉带缠身，学校一定能培养出国之栋梁。

场地平整，修筑校舍是些并不复杂的活计，只要尽心即可修成。可修建校门的确不易，需要的是真本事，修得好了，会为玉兰人挣足面子，修得平常，显不出玉兰人冲天的心劲儿，修建校门的匠人得是真正的高人。这样的人，玉兰镇本地人中是没有的，而碰巧的是，有个能人就住在玉兰镇。此人叫杨建，陕西榆林人，是几年前打仗打散了的一名红军，流落在玉兰镇，被镇子上刘木匠招成上门女婿。杨建在当红军前就是当地有名的砖匠，修庙、建牌坊是他的拿手活儿。

从一九二八年到一九三〇年，杨建花了整整两年的时间修成了玉兰镇高小的校门，校门修成了，学校也就建成了。

校门由青砖和白灰浆砌筑而成，门高一丈八尺，门楼设有青砖斗拱挑檐，门脸以素面六边形青砖饰面，边框为砖雕缠枝纹，门脸下是匾额框，题有校名，匾额下是拱形大门。大门两侧是方形翼墙，墙顶同门楼一样砌有青砖挑檐，墙面以素面方形青砖菱形砌筑而成，中间装饰有砖雕的牡丹团花，墙框饰以砖雕云形纹，嵌八宝砖雕图案。翼墙顺接校园围墙，围墙顶仍砌有青砖挑檐，墙面涂白灰。校门朝南，正对哈思山莲花峰。

最初，校名仍为永安学堂，一年后更名为玉兰学校，书写校名的是王仁斋，他是玉兰镇人，县之良医，善书法。玉兰学校的校舍原是土坯房，屋顶溜布瓦①，设拱形门与窗。近百年来，校舍于原址重修三次，原屋舍早已不见，唯有古香校门屹立不倒。这校门像位健壮的母亲，张开双臂，拥揽过一代一代的孩子。

玉兰学校起初只有初小部和高小部，后来才有的初中部。父亲在玉兰学校读书时，初中部还没有设立，玉兰镇的学生小学毕业后要到兴隆镇读初中。在那个年代，镇与镇之间并不通班车，近百里的山路全靠步行，这样的境况持续到玉兰学校初中部成立。

玉兰学校初中毕业的学生，如果家里有财力，会去县城读高中，不过去县城读书的花费大，这样的机会对于多数玉兰镇的学生来讲是奢望之事，直到玉兰镇上有了玉兰中学。

张雷是玉兰中学的主要创办者。

张雷于一九二三年出生于玉兰镇，青年时先后考入北平大学、中央（水利）大学，却因家庭发生巨大变故，无法筹集到路费和学费而未能如愿求学。此后，张雷先后在县城一中、县城师范学校、兴隆学校和玉兰学校当老师，文、理、体兼授。张雷记忆力超群，课堂之上从不翻教案；他体魄健硕，精于体育项目；他虽命运多舛，却能处事不惊。

一九七六年底，县里筹建玉兰中学，张雷自荐参与。一年后，

---

① 布瓦：制作瓦坯时，以布覆于模具面，便于脱模，所制之瓦，谓之布瓦。

学校建成，正式招生，张雷时年五十四岁。县教育局拟聘张雷为校长，张雷坚辞不就，力荐刘永辉为校长。

公元二〇一八年，张雷无疾而终，享年九十六岁。

张雷先生大半生历经坎坷，却能坚忍求生；虽深陷黑暗，却心存光明。终以赤子之心，生生地办成了玉兰中学。先生虽只是建成了一所乡村中学，却拼尽了毕生之力！

玉兰中学建校初只有高中部，五年后设立初中部。

玉兰中学的校址原是一片杏树林，玉兰人唤作杏树窝子。

二

小学入学报名时，朱老师让我背诵一百以内的数字，我从一到一百，每十个数一组，分组背诵，每背一组数字开始时声音大，结束时声音变小，紧接着背诵另一组数字，仍是声音由强到弱地背诵，如此这般，用忽高忽低的语调很快背完了。朱老师正伏案写东西，我见她没有让我停下来，接着又把数字从一到一百背诵了一遍。

朱老师抬头问我："你怎么又背了一遍？"

我回答道："老师，我以为你让我背到二百呢！"

母亲给我缝制了一个蓝色布书包，我嫌它套头背在身后麻烦，便把书包的带子套在脖子上，书包吊在身后，这样用起来要方便得多，其他同学也学着我的样子把书包吊在身后。朱老师说，这种背书包的方法倒是头一次见到。

上学时，早点带到学校吃，早点是母亲蒸的馍馍或是用陶制烧锅烙的锅盔，有时馍馍和锅盔吃完了，大姐用铁锅炒麦子或是黄豆或是豌豆当作第二天的早点。麦子炒完，还要用小火炒些麻子混在麦子里，麦子和麻子混在一起吃，麻子的油香渗入麦子中，吃起来不再是麦子单调的干渣渣的味道。早上到学校先是早自习，然后跑操，跑操完后吃早点，同学们把各自的早点拿出来交换着吃，李珠母亲蒸的千层饼很好吃，我多是和他换着吃，母亲蒸的馍馍里掺有用油炒制的焦黄面粉，蒸出来的馍馍酥酥的，李珠和班里的很多同学都喜欢吃。

冬天吃早点时，一群孩子围坐在教室里的一个土坯砌筑成的火炉周围，把早点放在炉圈旁边烤热吃，说是烤热了，多半却是凉着的，还未来得及烤热就被拿走吃了，也有不小心烤煳了的，烤煳了的就煳着吃。学校里烤的馍馍不比母亲在家里烤得那么色香味俱全。土坯炉子还烤过我的裤子。

上课时我没有憋住，尿了裤子，棉裤又冰又凉，朱老师让我像只猫一样蹲在炉子上烤裤子，感觉烫着屁股和大腿了，我便挪在炉边上，等裤子里面凉了下来，我又挪到炉子正上方。就这样，我满头大汗地烘烤了整整一节课才把裤子烘干。

教室很大，窗户上一些玻璃掉了，冬天上课教室里冷得很，上课前，朱老师让我们先集体跺脚，"咚咚咚"地跺几分钟后，脚板也就热了。上课过程中，若是脚板又冷起来，朱老师让我们再次跺脚。上小学的第一个冬天，我的棉衣袖口上缝有母亲给我做的"老虎头"，那是个形如虎头的小手套，上面用块黄色绒布做成了老虎耳朵，手套上还绣有老虎眼睛和胡须，我穿着这件棉衣到学校的第一天，"老虎头"就被同学发现了，我被他们嘲弄了一个上午，中午回家后我哭喊着硬是让母亲把它拆掉了。

我二年级上学期的语文课本被家里的那只白驹狸吃掉了好多页。

那天傍晚我把凳子搬到门口台阶旁，自己坐在门台上，以凳子为书桌写作业。

家里的四只羊回来了，我起身去赶羊归圈，可它们不愿进圈，满院子乱跑。白驹狸不知啥时候冲到了我的"书桌"旁，叼起我的语文课本就吃了起来，幸亏大妹发现了，冲着我直喊："哥哥，羊吃你的书了！"

我赶忙去追白驹狸，它边吃边跑，丝毫不松口，直到大姐截住它，硬从嘴里拔出我的语文书，而语文书的后半部分被白驹狸吃掉不少，剩下残页边上满是褶皱和口水。

我重新给语文书包了书皮，借来李珠的语文书，抽时间把被羊吃掉的内容背了下来。

语文课讲到那篇羊吃了大半页的《骆驼和羊》时，朱老师让我朗读这篇课文，我站起来，手里拿着课本，眼睛装作看书的样子，"读"起来："骆驼长得高，羊长得矮。骆驼说：'长得高好。'羊说：'不对，长得矮才好呢。'骆驼说：'我可以做一件事情，证明高比矮好。'羊说：'我也可以做一件事情，证明矮比高好。'……"

朱老师忽然走到我身边，看到了我残缺的课本，我立即紧张起来，但她什么也没说，我把课文背完后，朱老师让我坐下，她继续上课。这堂课快要结束时，朱老师突然说道："张振钛，请你站起来。"

我从座位上站起来，一颗心一下子提到了嗓子眼上，等着朱老师问我。

"今天的课文本来是要朗读的，张振钛同学却背了下来，提出表扬。同学们要向他学习！"

我听了后长长地吐了口气，心情平静了下来。

朱老师说完后，下课铃声响了，她在讲台上对我说道："张振钛，你到我宿舍来一下。"

我估摸着朱老师已经到了她的宿舍，忐忑不安中来到了老师的宿舍门口，小声地喊了一声："报告！"

"请进来！"这是朱老师的声音。

进门后，我把门关上，立在门后，抬头看了一眼朱老师，又赶紧低下头。

"怕什么，你今天的表现很好。"朱老师和蔼地对我说，还递给我一块水果糖，自己也往嘴里放了一颗。

"你的课本是怎么回事，怎么少了一截子？"

我原原本本地告诉了朱老师书本残缺的经过。

朱老师听完后，大笑了起来，自言自语道："你家的白驹狸可比老师的办法大①！"

我走出宿舍后，听到了从宿舍里传出来的"哈哈哈"的大

---

① 大：当地方言，有效之意。

笑声。

朱老师和母亲同年出生，留着齐耳短发，个子不高，总是笑着的模样，她是玉兰学校为数不多的几位公办教师之一。

小学二年级结束后，朱老师调走了，我在梦里见过她好多次。

朱老师走后，我的班主任换成了年轻的惠老师，惠老师是个大姑娘家，人长得很漂亮，我把我见到过的女性都和她做过比较，没发现有谁比她长得美。惠老师很泼辣，很要强，同年级的甲、乙、丙三个班里，她要求我们班的成绩和卫生都要做到最好，这让我时刻很紧张，生怕事情做不好而辜负了她，而的确，我努力把很多事情尽力做好似乎更多地是为了惠老师。

惠老师在玉兰中学高中毕业后没有考上大学，被聘为玉兰学校的民办教师，她是我父亲在玉兰中学的学生。父亲说，惠老师读书很刻苦，是个勤奋的人。我每次见到惠老师，她要么忙着批改作业，要么指挥着学生忙这忙那的，要么在看书做笔记，总是不闲着。

班里有几个不爱读书、喜欢惹是生非的学生，惠老师有一次曾在班会上流着泪，痛心地批评他们说："你们不好好读书，难道将来也要在王家山挖一辈子煤吗？让你家里人天天提心吊胆地望着王家山煤矿吗？"

惠老师继续批评道："你们看看这玉兰镇，会钻营的人有权有势，圈地揽钱，把玉兰镇当成了自己家的，老实巴交的庄稼人却是在拿命讨生活！在咱这玉兰镇，农民除了出去拿命换煤挣钱还能再做什么？你们几个看看沙河里的石头值不值钱，即使值钱，也轮不上你们拿去卖钱！"

惠老师流着泪说了这些话，那节班会上，班里的同学都跟着她哭。

直面现实的苦楚最能激发人的一些深刻思考，心路通了，人才能知道该如何走路。

腊月里的早上，上早自习课时天还没亮，教室里黑乎乎的，没有电灯，学生有自己的煤油灯，平时放在窗台上，早自习时点亮油灯大声朗读课文。惠老师在教室的过道里拿本书也在背诵，背诵过程中卡住她的地方，会停下来，借着旁边同学的灯光，看看书本，继续踱步背诵。

班上有两个男同学，年龄大的叫刘慧，年龄小的叫刘晖，他俩的名字发音类似，为区别他俩，我们根据他俩的出生年月，分别称呼他俩叫大慧和小晖。大慧跑起步来速度飞快，脚好像悬在空中一般，据大慧自己说，他能捉住奔跑的野兔。大慧的兜里经常装着乒乓球，只要有空，就拿出来快速地在桌子上拍球玩。他拍球的速度极快，手就像悬空采蜜的狗头蜂翅膀振动那般飞快，这是他的绝活，我们没人能超过他，我看他拍球，像是在欣赏一种表演。

四年级时的春天里，镇子上的主要路口把守着手持喷药器的大人，无论大人小孩，只要被他们碰见，都要被叫过去，让张开嘴，用喷药器把一种黄色的药液喷进嘴里。药液很苦，说是预防脑膜炎的。那喷药的装置很精巧，喷头比筷子稍细些，接在一个铁制的注射器状的金属管上，下面连着装药液的玻璃瓶，金属管的尾部是个活塞，拉出活塞，药瓶里的黄色液体被吸进金属管，推动活塞，药便被喷了出来。为了能多看这喷药器几眼，我有意地在路口晃悠，等着大人叫我过去接受喷药，趁着喷药的机会，细细看那喷药器。

那段日子里，大慧好些天没来上课，我只知道他生病了，大概半个月后，有同学说大慧得脑膜炎死了！

这是我第一次经历所熟悉的人死亡：大慧先是请病假，所谓请假不过是短暂地离开，所有的人都这么以为，大慧还要回到学校的。突然，短暂的分别变成了永久的阴阳相隔，一个鲜活的生命落入春天的泥土里，没有了一点声息，我们再也见不到大慧了，他突然硬生生地变成了一种记忆。

大慧死了，他的座位一直没人坐，直到第二学期，班里重新排了座位。

小学毕业时，全玉兰镇范围的所有小学要进行统一考试，考试的成绩张榜公示，一份贴在玉兰学校校门外的墙壁上，另一份贴在镇政府大门的外墙上，榜单黄底红边，所有考生的名字按名次用毛笔竖向写在黄榜上。张榜的第一天，来围观的人最多，许多玉兰镇之外村子里的人都赶来看。

黄榜上，我看到了我和很多同学的名字，我知道，那上面没有大慧的名字。

黄榜下，我碰见了看榜的惠老师，本想躲开她的，却被她叫住了，问我考了多少分，考了多少名，惠老师把兜里的钢笔送给了我，告诉我她考进了省里的师范大学培训班，要离开玉兰镇了。那天惠老师穿着她那件红色的小翻领衣服，像朵艳艳的山丹花。

三

小学升初中考试结束，多数人升入初中；少数学生要留级，继续读小学；还有一些人不再读书了，因为家里人觉得孩子会识文断字，不做睁眼瞎就行了。

小学毕业后，我没留在玉兰学校读初中，转入玉兰中学，因为父亲在玉兰中学当老师。玉兰中学的好多老师我都认识，他们碰见我，依然叫我的小名。

初一时，不知是谁学来的一种制作飞镖的方法：把一根针的针尾插入如火柴棍长短粗细的竹棍里，用小刀劈开竹棍的另一端，插入纸叠的四棱尾翼，飞镖便制成了。制飞镖的针，多是从家里的针线盒里偷出来的，至于小竹棍，取自班上的竹制扫把，一时间，这飞镖到处乱飞，一帮学生凑在一起对准了树枝或窗户棱，看谁扔得准。

这样的飞镖我有两个，一个尾翼染成红色，另一个尾翼染成蓝色，我把飞镖一左一右藏在袖管里，试图学着侠客的手法把飞镖甩出去射中目标，很多时候甩不出去，偶尔甩抛出去，飞镖不过是从袖口掉落，软软地掉在地上。两只飞镖在我袖管里，经常扎着我。

上初一时开始上晚自习课了。自习课上，如果班主任在班里批改作业，班里是安静的，若班主任不在，班里的吵闹声几乎快要把教室的屋顶掀开。晚自习本是让学生做作业和复习功课的，我却是在读武侠小说和评书类的书籍，只要几天就可以读完一本。祖父的那本《薛刚反唐》，我只花了三天时间就读完了。

上初二时，父亲教我物理，那年，他本是教初三毕业班物理的，这是刻意要给我当老师。之前，他教过大姐高中物理和二姐初中物理，在我之后，又教过大妹和小妹初中物理，还教过大妹化学和生物。

父亲讲课是生动的，讲到物质的分子力时，父亲说冬天冻结在冰面上的石头之所以搬不动，便是水分子和构成石头物质的分子相互吸引的原因。学校没有三棱镜，冬天时，父亲用冰块削制了一个三棱镜，在室外让阳光透过冰制棱镜折射到教室的墙壁上，神奇的七彩光斑在墙壁上跳跃，那是我和同学们第一次见彩虹之外的七色光。父亲说电压好比是水渠上游和下游的落差，电流就像水渠里的水流，电阻则如长在水渠里的水草，水渠越陡，水流得越快，流得越多，水渠里的草长得越密；水流越慢，水流得越少，水渠的坡度类似于电压，电压越高则电流越大，渠道里的草长得密，如同电阻大，电流就小。父亲给我们讲爱因斯坦的狭义相对论，人骑在驴上赶路，人相对于驴是静止的，可路边的人看驴身上的人却是在走动的，这就是狭义相对论；父亲还给我们讲广义相对论，讲时间和空间是可以像气球一样压弯的。

　　父亲讲课是生动的，讲到电路时，告诉我们这部分内容很实用，学好了就能开个电器维修部。父亲说，电器坏了，无非是电路有故障，或者是里面零件有问题，而对故障判定的唯一方法就是逐一检查零件之间的电路和零件内部电路是否通路，核查电路是电器维修的基础，当然做事须有先后次序才对。李珠家的电视坏了，请父亲去维修，父亲检查了很久，所有的电路和元件都是通路的，可电视仍没有任何反应，后来才发现是插座有故障，没有电源接入。父亲说，谁让一开始就不检查电源呢？做事没有章法和顺序而白白浪费了精力。父亲讲到土壤的毛细现象时，借机说到，有些学生不好好读书，以为大不了就回家务农，可别以为农民就是那么好当的，给庄稼浇完水后要及时用五爪耙耙地，是为了破碎板结的地皮，破坏土壤的毛细现象，给地保墒，有些农民不及时耙地，倒不是懒的原因，而是不懂其中的原理。父亲接着说，为什么要在秋收后及时翻地，为的就是把地下的土壤翻起来，让土壤在阳光下继续风化，加快土壤中矿物质的分解，把矿物释放出来，使土壤肥沃。父亲既是老师，也是农民，他知道该怎么教化农民的孩子。

　　父亲讲课是生动的，他知晓玉兰镇几代读书人的生平：明末时的玉兰人张岳山，中举后去江西做通判知事，后辞官来玉兰镇兴办私塾，教化百姓，方圆百里名声极盛，崇祯年间大旱，县衙组织人员从宁夏运送粮食救灾，每运一次，粮食于半道皆被土匪劫去，后来派张岳山运粮，匪人但见其旗号，皆让行，再无劫粮事发生；清末玉兰人范振绪，恩科殿试三甲，赐同进士出身，后加入同盟会，随孙中山先生参加辛亥革命运动，与张大千同往敦煌临摹壁画，是中国著名的书画家；玉兰中学的七九届高中毕业生张修文，十五岁上大学，留学英国，三十二岁被聘为教授。父亲说，将相本无种，不要轻看了自己，慢待了自己。父亲所说的人，都是土生土长的玉兰人，这让我们觉得出类拔萃并不遥远，触手可及。

寒假的早晨，父亲带我们几个孩子去小东沟跑步。小东沟里空气清新，晨风冰凉，跑至一半路程时，父亲脱掉外衣，放在山路旁的枯草上，继续往小东沟里的馒头山山顶跑，我也脱掉外衣，奋力往山顶上跑，脱掉外衣时，周身轻盈，热气外溢，寒冷被我远远地抛在了身后。登上山顶，极目远眺，玉兰镇确如玉兰花瓣静浮在蓝色薄烟中。父亲和我稍作休息后原路返回，返程中会碰见迎面赶上来的大姐、二姐、大妹和小妹，碰面后，父亲带着我们一起跑步返回家中。

小东沟也是我背书的地方。假期或周末的早晨，我带上书跑步到那里的一处坡地上，来来回回边走边背诵，坡地上渐渐被我踩出一条光溜溜的小路。小东沟的草绿时，风是温润的，风里有青草的香味；小东沟的草枯时，风是凛冽的，风里有黄土的香味。在小东沟，我背过语文，背过历史和地理，也背过《宋诗一百首》。这本书是父亲在县城读农业学校时买的，女儿读小学的时候也背过，现在它收放在我的书柜里。

四

大姐在玉兰中学读高二时，玉兰中学高中部撤销了，大姐转学入县城高中。我在玉兰中学高中部撤销后的第二年进入玉兰中学读初中。

玉兰中学高中部从设立到撤销只有十五年。

建校之初，是玉兰中学最红火的时期，首届高中两个毕业班七十多个人，有六个人考上大学，那年考上大学的就有父亲说起过的张修文。张修文，第四批国家"千人计划"的专家，国家"863"计划"3D打印关键技术与设备"项目首席科学家，国家重点研发计划"增材制造与激光制造"总体专家组成员。玉兰中学建校开始的十余年里，学校的高考录取率在县辖的几个乡镇里是最高的，很多外乡的学生都转入玉兰中学读书，玉兰中学成了玉兰人的一种荣光，玉兰中学和玉兰镇的哈思山一样，成了玉兰镇的一个鲜亮的标志，说起玉兰镇总是要提及玉兰中学，而校长刘永辉在每年的县教育局总结会议上总是第一个发言的。建校十周年时，刘永辉因教学业绩斐然，调入县城中学，张雷退休。几年后，一些老师相继离开玉兰学校，越来越多的人把学生转到县城读高中，玉兰中学的大学升学率逐年下降，其高中部撤销的前四五年里，再没有一个人从玉兰中学考入大学，高考连年"抹光头"，和其他乡镇高中一样，县教育局撤销了玉兰中学高中部。

玉兰中学高中部撤销后，只剩下初中部，每年或多或少有几个学生考入中专学校或县城的师范学校，玉兰中学的名字依旧，但已不是那所曾经红红火火的玉兰中学。

父亲有本市里颁发的"园丁奖"证书，证书里一直夹着一张黑白照片，照片里父亲坐在椅子上微笑着，身后站着张修文、刘珏、石雄和王理，他们四个人同年考入大学，父亲是他们的班主任，四个人的身后是玉兰中学的大门。

在哈思山南麓的山坡上，每年有成片成片的山丹花盛开，远远望去，像一大片燃烧着的火焰。

山丹花的花期不长，只有三四天的时间，花开时浓艳张扬，花落时静谧无息。

五

我初中毕业升入县城高中，那时大姐在省城读大学，二姐在县城的师范学校读书，大妹在玉兰中学读初中，小妹在玉兰学校读小学。

高中的第一节课是英语课，我只觉得英语老师很面熟，却记不起来在什么地方见过他，英语老师也在盯着我看，冲我淡淡地微笑。

课堂上，他提问我某字词的用法，并让我自报姓名。课间，班长让我放学后到英语教研室找英语老师。上午最后一节是语文课，老师在讲《雨中登泰山》，课文里所述的烟雨把泰山裹得严严实实，而在我的心里，关于英语老师为何叫我的谜团时不时地把我的思绪裹了起来。我在想，英语老师肯定是认识我的。下课后，我赶到英语教研室，教研室里只有英语老师一个人。

"你是玉兰人吧？你的父亲是张老师吗？"

"是的。老师您看着好面善啊！"

"当然面善了，你小的时候我就知道你的。"

我使劲地回忆，却一点儿也想不起来他是谁。

"张老师是我的高中老师，我是他的学生石雄。"老师继续讲述，"你小的时候，你父亲经常带你去玉兰中学，那时你不过两三岁，我们班的同学都认识你的，还给你起了个外号叫'大头茂'。有一次你把自己反锁在宿舍里，还是我爬进门上的窗户开的门。"

石老师说的事情我是知道的，父亲跟我说起过。

石老师的过人之处是他的记忆力很强：某个单词，某个句子，在哪一页的某篇课文或某道习题中出现，他都能脱口说出。甚至某个单词出现在某某页的第几行的具体位置他也能说得出来。

石老师要求学生把每篇课文完全背诵下来。他有个记录学生背诵课文的表格，学生每背完一篇课文就在上面标记一下。石老师分几节课讲完一篇课文，他讲课前，我把所讲的内容预习一遍，根据课文的中文意思在前一天下午放学后至上晚自习前的时间段里在操场上背诵，晚上睡觉前在大脑里默背一遍，第二天石老师讲完课，我便能轻松地背下来。这个习惯，我一直在坚持，我说给石老师听，石老师把我的经验向班上做过推广。

石老师有时会约我出去吃饭，两人找家面馆，一人一份面，再要一盘牛肉，他将其中的大部分拨在我的碗里。

读高三时，石老师结婚了，婚宴地点是学校的食堂，班里的好多同学都去帮忙。婚宴前我们帮着摆放桌椅，端汤上菜，婚宴结束后一帮同学围着几个大盆清洗锅碗瓢盆。婚宴期间，石老师专门安排了好几桌酒宴，让班上帮忙的同学大吃一顿。吃饭时，石老师还带着新婚妻子给我们敬酒。饭后，石老师又切西瓜给我们吃，我们说刚吃饱饭哪有肚子再吃得下西瓜呢？石老师说，饭是饭肚子，瓜是瓜肚子，两不相干！

石老师的妻子圆脸大眼，姓什么我忘了，名润玉，我们都叫她师母。

县城高中的食堂足有三个教室那么大，每次都排着长长的队打饭，主食经常是夹生的，特别是面条，有的已经软烂了，有的却还没煮熟。有时蒸的馍馍中间也夹生，黏糊糊的。这似乎也正常，三千多学生的学校，能保证住校学生有吃的就不错了。在学校吃饭，要么交伙食费，要么从家里带来米或面粉交到食堂里折合成伙食费，大多数的学生是给食堂交米或面粉。

母亲总说学校食堂的饭不好。从大姐到县城读高中开始，一直到小妹从县城的高中毕业考入大学的十年间，母亲不停地往县城送吃的。

　　凌晨，天还是黑的，母亲早早地起床，捅开炉灶的火种，压盖上一把柴火，再覆上一层煤块，火苗慢慢地蹿了上来，煤烟很快弥漫在厨房里，母亲咳了几声，呛得泪花直流。母亲给蒸锅里加些水，盖好锅盖，然后拖出灶台上的大白钢瓷面盆，里面是发好的面，面已经鼓了起来，表面结成的一层干面皮出现好多裂口。母亲把面盆用力端到案板边，一只手扶着面盆边，一只手伸了进去，用力把面团挖出来，发好的面团不易拉断，母亲用菜刀切断它；母亲在案板上撒一层薄薄的面粉，这面粉玉兰人称之为面婆婆，撒面婆婆是为了揉面时面团不粘到案板上。母亲把切下来的面团放在面婆婆上反复按揉，边揉边继续往案板上撒干面粉，直到面团里的水分完全被揉干了，面团不再粘在案板上了，面就揉好了。面团揉好后，揪下拇指大小的一块面团，打开灶门，把面团迅速放在火边烤，这个过程叫烧泡，根据试尝烧熟小面团的味道来判断面团的发酵程度和面团里掺入食用碱量的大小，烧泡而成的小面团如发酸，说明发酵太过，要加些食用碱，如发甜，说明发酵不到位，要把面盆放到热处让面团继续发酵。母亲用擀面杖把发酵好的面团擀成长条形，在上面抹上清油，在清油上撒姜黄粉或捣碎了的香豆叶，然后沿纵向卷成一卷，用菜刀横向均匀切成小段，小面段边切边上下错开放置，母亲拿起一双筷子，在切好的小面段上自如纵横夹捏，面段随着筷子的轻轻舞动变化成蝴蝶、蜻蜓或牡丹花的形状。最后，把这些生的花卷均匀地摆放在篦子上，摆置花卷前要在篦子上涂层清油，这样做是为了花卷蒸熟后便于取下来，篦子托着生花卷放入蒸锅，盖好锅盖，母亲继续揉面、切面、夹捏花卷，为蒸下一锅花卷做准备。最后一笼花卷入锅后，母亲洗干净前一天下午从菜园里采摘好的青菜，切好后暂搁在案板上，接着，取出大瓷碗，里面装入母亲自己捣碎的辣椒面，掺进打碎的花生粒和其他调料放在一边备着。取出蒸好的最后一锅花卷，母亲换上铁锅，开始炒菜，炒好后放入宽口的玻璃瓶，拧紧盖子。炒菜前，母亲用勺子从铁锅里舀出滚烫的油倒入备好的辣椒面里，用筷子快速搅拌，泼好辣子，晾凉后装进玻璃瓶内。

蒸完花卷，做好菜，天才蒙蒙亮，开往县城的班车开始打号鸣笛，绕着镇子的大路来回地跑，招揽去往县城的人。父亲和母亲把花卷、炒好的菜和油泼辣子装进两个大大的帆布包内，两人背起大包，匆匆赶往大路口，等候班车。班车上的人大都认识，父亲把两个大帆布包托付给熟人或司机，两三个小时后，我和姐姐（或妹妹）到县城车站去接取装满食物的帆布包。经常，父亲会在帆布包里放一封给我们的信。

帆布包里的食品能吃三天左右。帆布包里，夏秋两季，装满着杏子、梨子和桃子。

十年里的大多数周末，母亲都是这样度过的。

六

高考结束填报完志愿，我没在县城滞留，返回玉兰镇，浸身于一年一度的夏收里，在玉兰镇上，又一番紧张忙碌的夏收"军事演习"开始了。玉兰人没日没夜地在地里奔波，割完麦子的土地，及时耕犁，再种上二茬糜子，而晾晒在院子里的新割下来的小麦，要趁着晴天暴晒，晒干后打场，收装。家里的猪、羊、黑骡子还有鸡都得喂养，农民倒不像是农村的主人，反而成了庄稼和家畜的奴仆，庄稼和家畜倒是真正的主人了。

夏收进行时，去县城看分数的同学回来告知了我的高考分数，我知道我可以上大学了。夏收结束，我去县城取大学录取通知书，在学校的大学录取名录上，有同学在我的名字下贴了一张小纸条，约定好九月五日一起从县城出发到省城，再由省城到北京去大学报到。

回到家里，我跟父亲说，有同学约好了一起去大学报到，父亲不必送我去北京。

我盘算着离开学的日子还有半个多月时间，时逢玉兰中学在搞基建，新修教学楼，我跟父亲说我要去工地干活赚钱，父亲已是玉兰中学的教务主任了，他跟工头提前说了一声，我顺利地成了建筑工地的一名小工。开始的几天，我干卸砖的活，末了的几天，我用小车运送水泥砂浆，母亲本不让我去工地，她说她要接替我，可我没让她去。

我在工地上干了十四天，最后一天拿到了一百四十元工钱，领取工钱时，工头叫我别跟其他人声张。我的大学学费是六百五十元，我的大学是最后一批未"并轨"的高校之一，学费低。

　　父亲送我到了县城，本与我约定好一起去北京的同学又留了纸条，说他要早两天出发，先行一步。父亲决定送我去北京，我没再拒绝父亲，县城是我到过最远的地方，我连火车都没坐过。当天，父亲和我在县城的鼓楼大街吃饭时，碰巧遇见了高中同学陈山，我知道陈山考取的也是北京的高校，他正和他舅舅买衣服。陈山的舅舅在县城做生意，家在县城，替陈山父亲送陈山去北京。陈山父亲是个地道的农民，没见过什么世面。

　　陈山和他舅舅都是兴隆镇人，父亲本是在兴隆镇初中毕业的，父亲和陈山舅舅闲聊时才知道他是父亲初中班主任的堂弟。俩人的关系越说越亲近，两个大人因为我和陈山而成了朋友，而我和陈山因为同去北京而成了相互依靠的伴儿，我俩远行的勇气增加了不少。我俩觉得大人再陪同去北京已无必要，何况还要多花路费。父亲和陈山舅舅同意了我俩的想法，决定陪送到省城买上火车票，送我俩上火车后再各自返回家里。

　　第二天，我们四个人坐班车到省城，买到了去北京的火车票，晚上一起住在旅馆里，第三天一早，父亲和陈山舅舅送我俩上了火车，火车驰往北京，他俩返回县城。

　　父亲和陈山舅舅返回县城的当天晚上，父亲在陈山舅舅家里喝醉了酒，这是二姐后来在信中告诉我的。

读大一的第一个周末，我倒了好几趟公交车到了位于北京丰台区的南苑机场，信心满满地想寻访三太爷爷在南苑的足迹，茫茫秋色中，只是远远地望见了机场航站楼上"北京南苑"四个红色大字。南苑航校的旧址历经近百年的变迁，哪里还能再寻得见、辨认得出来呢？

父亲的学生王恩在毛主席纪念堂工作，他是父亲在玉兰学校教初中时的学生。王恩初中毕业后参军入伍，随所在部队参加了毛主席纪念堂的建设工程，工程完工后留在了毛主席纪念堂，成了那里的工作人员。这件事父亲在家告诉过我，父亲想让我在北京拜访王恩，我当时也想着去北京后能见一下这位玉兰镇的乡人，可到了北京，这事却慢慢地淡忘了。

香港回归那年，我在大学里见到了从英国来北京中国机械科学研究院讲学的张修文。那是他出国留学十年后第一次回国，在北京讲学完毕后，张修文回玉兰镇探亲，在父亲那里得知我在北京，返回英国经由北京，专门来找我。那天晚上，有人请他在全聚德吃烤鸭，张修文约我一起去，宴请他的是位清华大学的堪称中国机械行业泰斗的教授，从清华教授的口中得知，张修文已是英国利物浦大学的教授了。

张修文第二天邀我一起登长城，他没去过长城，我倒是去过很多次。张修文和我交谈时一直说的是玉兰镇的土话，他很少谈及国外的生活，所谈的多是玉兰镇上的事情。他给我讲起他儿时在大东沟放驴的事儿，讲他去哈思山背柴火的事儿，讲他犁地割麦子的事儿，讲他上学自己做煤油灯上晚自习的事儿。张修文在玉兰镇的经历和我的很像，我在想，我要是有个像他一样的哥哥该多好。长城之巅，张修文讲起他少时在玉兰镇烧"灰疙瘩"的经历。

玉兰镇上长有叫水蓬的草，枝叶如珊瑚，春夏时绿如碧玉，秋天红如玛瑙，夏秋之交时开粉色小花。水蓬草极耐干旱，它的叶子像个绿豆，里面蓄满了水分，这种草只要能从地下长出来，就不会被旱死；水蓬草又极喜水，水洼地里的水蓬草，能长成直径两米多的圆"笸箩"，枝叶嫩嫩的，揪一把下来在手心里搓一搓，满手都是绿色的汁水，可以用来洗手。这汁水有股奇异的浓烈的咸味，是碱的味道，早期的玉兰人蒸馍馍，洗衣服的碱就取自水蓬草。

秋末，水蓬草枯黄干透了，可以烧"灰疙瘩"了，玉兰人把食碱叫作"灰"。

在野地里挖一个圆的土坑，坑里面用铁锹拉出十字交叉的沟槽，其上覆盖片石，形成烟道，紧邻土坑，另挖一土坑，坑壁上凿洞，洞通烟道底部，烧灰的土灶便做成了。在土灶内点燃干透的水蓬草，开始烧"灰"，水蓬草燃烧后的灰烬结成黏黏的一团，这黏糊糊的东西就是"灰"。一拨水蓬草烧过后，用个铁棍搅"灰"团，把"灰"团摊均，再在上面捅些眼儿，好让"灰"里面的木炭燃烧消耗尽，这时的火焰不再是橘红色，慢慢变成了蓝色。蓝色火焰出现后，继续在土灶里烧水蓬草，继续烧"灰"，几拨水蓬草烧过后，"灰"团越来越大，也越来越厚，等最后一拨水蓬草烧完后，用石杵将"灰"团杵密实，然后用土把"灰"团掩盖住，使之与外界空气隔绝，冷却后就可以取出"灰"团了，这个"灰"团就是"灰疙瘩"。

"灰疙瘩"非常坚硬，用时须用锤子砸开，把砸开的小块"灰疙瘩"放在锅里煮，煮化后放在水盆里，等深灰色的灰汁澄清后，把上层清澈的汁水倒入瓶子里存储起来。汁水的含碱量极高，咸得发苦。"灰疙瘩"一般要熬制两到三遍，熬制剩下渣子，加入清水，可以用来洗衣服。玉兰人把收集在瓶子里的灰汁调入发好的面团里蒸馍馍，用"灰疙瘩"蒸出来的馍馍，味道发咸，有股奇特的清香味，我上小学时，吃过母亲用"灰疙瘩"蒸过的馍馍。

张修文自己烧过"灰疙瘩"，他的讲述完整而明晰，我听得如临其境。

七

玉兰学校和玉兰中学一样，校舍修得越来越阔气，但学生却越来越少，这也是无能为力的事情。我在县城读书时，县城只有县一中和县二中两所高中，还有乌兰中学和城关中学两所初中。我大学毕业时，县城里的中学已经有了县八中，这些学校把玉兰镇的学生越来越多地吸了过去，还有很多老师也被收纳了过去。

越来越多的人在县城买房子，为的就是让孩子能在县城读书，买不起房子的，也在县城租房子住，把孩子送到县城的学校，玉兰镇的学生便越来越少。玉兰学校学生最多时有七百多人，玉兰中学的学生有五百多人，张雷去世那年，两所学校的总人数连两百人都不到。而在路庄小学，只剩下三位老师和九名学生，新建的六间大教室里只留下一间有老师和学生在上课，其余几间空无一人，闲在一边，像几个没事人在墙根下晒太阳。

第八章

一

　　玉兰镇上，有我家的土房子。

　　土房子周围散落着我家的两亩水浇地，这些地都有名字。正对着大门的那块地叫门前头地，虽说是头等地，但长出的庄稼却比不了其他的地。母亲说，这块地的土头①太薄，不保墒。父亲在接连几年的秋天里依次挖掉地表部分的土层，把表层土下的沙子挖出来，用架子车运走，再从其他地里运来肥沃的土填在掏挖沙子的坑里，几年后，沙层换了个遍，土头厚了，地里长出的庄稼一年比一年好，这块地硬是让父亲给调理出来了。从我家出门右拐走一小截路，继续右拐顺着水渠边走，便可走到大块子地。这块地在中华人民共和国成立前就是我家的，人民公社成立后成了公社的地，土地下放后又分给了我家，它被母亲叫作"天心地胆"，土质肥沃，种啥长啥，有那么几年，长出来的麦穗竟是双

----

　　① 土头：当地方言，田地土层的厚度。

头穗，很多人都来看稀奇。小东沟沟边有两块连着的梯田地，名字叫沟沿上地。母亲说，这两块地在生产队时，地里长满了野枸杞，两块地加起来总共也就能产出两斗瘪麦子，土地下放后的第一年，这两块地产了足足三担①麦子。还有沙河河滩上的一块地，叫黑滩地，我一直不明白这个地名的由来。有一次我赶着黑骡子沿沙河沟回家，看到了沙河边上一处未被开垦的滩地，滩上的石头和地皮泛着黝黑的颜色，我当时忽然明白了黑滩地名字的出处。

土地下放时，我家分到了一百二十八分钟浇地的泉水，这泉水是地的命根子。

冬季里墒水是不能少的，天气再冷，父亲也要设法把地浇遍了，分的水不够，父亲就买水浇地，冬墒决定了春耕的成败。五一前后，麦苗铺满了我家的地，该浇"压苗水"了，"压苗"后的麦苗一天一个样，像是顺着风在长；麦子抽穗后要按时浇一次"灌浆水"，这个水是最重要的，否则，长成的麦粒不饱满。麦子收割前几天浇的水是为回二茬糜子做准备，麦子收割完，地还是潮湿的，抢着把糜子种进去，如这个水在麦子收割完再浇，那就晚了，等地晾干，把糜子种进去，要晚好几天，只几天的时间，却直接影响糜子的收成。二茬糜子的两个水，与小麦的"压苗水"和"灌浆水"一样，都要及时浇。浇水讲的就是个时令与节气，该什么时候浇就得什么时候浇，晚了或早了都影响收成。

"天旱不误薅，雨涝不误浇"，这是父亲说过的：天气再旱，

---

① 担：重量单位，50千克等于1担。

不能因为觉得收成没了希望而耽误给庄稼锄草，庄稼的生命力是极顽强的，说不定就有大雨降下，救活了庄稼，而那时再去锄草，野草已长大，再去锄草也就晚了。雨下得再多，也比不上浇地浇得透彻，"雨淋心，水浇根"，不能吝惜水，该浇的水一点都不能少。

我家的水浇地里，每年的夏季是生机勃勃的：孜然熟了，空气中弥漫着浓浓的成熟孜然的味道。大豆角儿饱了。麦田越来越接近成熟的颜色，在微风中，金色麦浪在翻滚。油葵长足了个子，正在开花，金黄的颜色鲜亮欢快，齐刷刷地一律朝向太阳。苞谷长势凶猛，秆儿粗了，个儿高了，绿油油的，叶子又宽又长，苞谷就要抽穗了。飞鸟在田野里鸣唱，一定是成熟的气息感染了它们。地埂上的野花开得正艳，玉兰镇最美的季节到了！田地里的一切在夏天里走向成熟！

我家的水浇地每年大都能获丰收，这是因为我家的地里面施的肥料是大粪。

每年冬天，父亲和母亲到学校的厕所里掏大粪，赶着黑骡子用粪笼子把粪运到小路边的粪场，深埋起来，沤一年，第二年施洒在地里。母亲说，大粪的劲儿足，长出的庄稼自然要好得多！我们几个孩子在冬天也会赶着黑骡子运大粪。

有一年，父亲把"阿婆红"和"歪脖"两个不同品种的麦子不小心混在了一起，便索性混着种。"阿婆红"的麦秆高，"歪脖"的麦秆矮，等小麦成熟时，麦田里顶层的是"阿婆红"的麦穗，下面是"歪脖"的麦穗，两层麦穗平平地延展了出去，煞是好看，见过的人无不"啧啧"称赞。这样的种植方法，小麦的产量高，我家的水地接连好几年都这样混种小麦。

玉兰镇的山里有我家的十亩旱地。大东沟里有一块长条形的坡地，这块地种土豆和胡麻。土豆开花时，土地变成了粉色和蓝色花朵交织而成的花海，各种蜂子在花丛里上下飞舞，走在花丛里，能碰着一些笨笨的蜂子。胡麻的花色，像是雨后的晴天，又像是蓝汪汪的湖水，湛蓝湛蓝的。胡麻的花瓣，像极了山里的一种蓝色小蝴蝶的翅膀，盈个凌凌①的。

在大东沟的这块地里，曾发生过惊心动魄的一幕：有一年，我家拔胡麻，将胡麻从地里拔下来堆放成一小堆，胡麻拔完后，再将堆成小堆的胡麻捆成胡麻件儿。父亲和母亲负责捆，我们几个孩子负责把小堆的胡麻收集成大一些的胡麻堆。我抱起一堆胡麻，走到另一堆胡麻边，两堆合在一起，刚好够捆一个胡麻件儿的，我机械重复地收着胡麻。突然，一声恐怖的尖叫从我的嗓子里炸了出来，我扔下胡麻在地里狂奔，母亲追上我，搂着我问："茂平，你怎么了？"

我的小腿带动着大腿，大幅度地颤动，我的魂魄像是远离了我。母亲用手抚摸我的额头、抚摸我的胸口、抚摸我的后背，嘴里不停地念叨着："茂娃儿不怕，茂娃儿不怕。"等我慢慢平静了下来，腿也不抖了，发白的脸色恢复了正常的颜色。我对母亲说道："下面有一堆蛇！"

父亲和家里的其他孩子早已围在了我身边。父亲明白了，一定是胡麻堆下有蛇钻了进去。父亲慢慢靠近了我扔下的胡

---

① 盈个凌凌：当地方言，飘逸浮动的样子。

麻，俯下身去，把头贴在地面上看。父亲抬起头，说道："果然有蛇。"

父亲朝着胡麻堆快速冲了过去，冲到胡麻堆旁，顺势抱起胡麻堆，继续朝前冲去。

远远地，所有的人都看见了缠在一起的一堆擀面杖粗的黑蛇，黑蛇受到惊扰，慢慢地松开，两条黑蛇离开原地，钻进了地边的草丛里，阳光下，黑蛇泛着油油的光芒。

父亲说，这种蛇叫"七寸子"，毒性很大。

我家小东沟的那块地在一处独立的台地顶部，远远望去，像个大大的帽子，站在我家的屋顶上就能看到这块地。母亲在夏收或秋收时节，常常会站在屋顶看这块地里庄稼的颜色是否变黄，如果变黄，就可以收割了。

小妹四岁那年的夏末，父亲和母亲都不在家，父亲去了宁夏淘金，姥姥病了，母亲去了姥姥家，家里就剩下我们几个孩子。王老汉从小东沟放驴回来告诉我说："茂平，小东沟你家的芸芥该收了，再不收，芸芥荚该爆裂了，芸芥籽全淌①地里了。"

王老汉是傍晚回家时告诉我的，我和大姐、二姐决定第二天一大早就去小东沟收芸芥，小妹太小，把她一个人留在了家里，叮嘱她不要出门，把馍馍放在小妹能够着的地方。

第二天一大早，我、大姐、二姐和大妹四个人拉着架子车，沿大路走到小东沟沟口，车子进不了小东沟，我把车子停在沟口处的一个高坎下面，太阳出来时，阳光晒不着架子车，轮胎

---

① 淌：当地方言，庄稼颗粒的外壳被太阳晒爆裂，颗粒掉在地里的过程。

不会被晒爆。安放妥架子车，我们四个人背着干粮和水，趁着蒙蒙的晨光，沿小东沟的沟谷走到了地里。几个人开始埋头拔芸芥，中午过后，地里的芸芥拔完了，可怎么往小东沟沟口运呢？以往，是把芸芥用水泡柔了的麦草捆成芸芥件儿，由黑骡子驮运到沟口，装车后运到家里。我们几个孩子不知道这些程序，出发时忘记带上麦草，也忘记拉黑骡子出来。我跟大姐说，我回家找祖父、拉黑骡子，让祖父帮我们捆芸芥件儿，扎芸芥垛，让黑骡子把芸芥运送到小东沟沟口。

我抄近路回到家里来找祖父、牵黑骡子。回到家时，小妹哭着要和我一起来，祖父把小妹抱到黑骡子的背上，让黑骡子驮着小妹走。

搬来救兵，祖孙六人和黑骡子把芸芥运回了家里。记得那天，因为没有及时捆起来，好多的芸芥籽都掉在地里。

我家在林家窝子里的旱地最多，有两大块，在一个低洼处。风把地表肥沃的土粒风积在地里，洪水把山上的沃土洪积在地里，这两块地像聚宝盆，净捡好东西往怀里揽。这两块旱地和水地一样，庄稼每年的收成都很好，种糜子，糜穗子会压弯了枝，种小麦，麦穗儿沉沉地在枝头摇晃。

旱地靠天吃饭，雨水足的年景，旱地的庄稼有时长得比水地的还要好，如果雨水少，收成就要大打折扣了。旱地也有颗粒无收的时候，庄稼旱死在地里，和土地一样是苍茫的土黄色，旱死的庄稼就是草，而这些草，也要拔下来运回去喂牲口。

二

乌鲁木齐到玉兰镇有四千多里路。这里原是一处傍河的草原，有马群、鹿群、羊群和各种鸟雀在栖息、生长。后来，人们依水而居，垦荒筑田，这里慢慢变成了一座城，成了很多人的家园。这座城市，是我成家立业的地方，也是我女儿出生的地方。女儿出生后，我把父亲和母亲从玉兰镇的土房子里搬到了乌鲁木齐的一处楼房里，从此，乌鲁木齐成了我的家园。

父亲和母亲却没了自己的家园。

父亲和母亲离开玉兰镇时把土房子、水地和旱地托付给二姨，她家地少人多。

父亲和母亲离开时，我家的土房子里有装满粮食的柜子和麻袋，还有库房里的一堆煤块。父亲和母亲跟玉兰镇做暂时的别离，他们还要回到玉兰镇，还要继续在土房子里如之前那样生活。父亲和母亲来乌鲁木齐时，把家里腌制的一坛子腊肉装在塑料桶里带了过来，妻子吃过后说她从来没有吃过这么好吃的腊肉。那是母亲自己喂的猪冬天杀了后做的。

起初，父亲、母亲、妻子、女儿和我住在一起，后来，我又买了一处房子，和父母分开了住，这两处房子只隔着一个花园，彼此能望得见。父亲和母亲住在三楼，我和妻子、女儿住在对面楼房的四楼。三楼是我给父亲和母亲安的新家，这个新家在最初的几年里，只是个房子而已，并不被父亲和母亲当作家，就跟我在我家土房子里给大白猫做的窝一样。

<h1 style="text-align:center">三</h1>

我家的土房子平时是锁着的，隔一段时间二姨会打开门窗给房子透透气，农忙时，偶尔在房子里住几天。

二姨只种着我家的水浇地，旱地没种，荒在山里面。院子里的菜园也没种，也是荒着的，庄稼收割完，在菜园子和院子里晾晒庄稼件件儿。农忙时，土房子的地上堆满了打场后来不及扬场的麦子堆。

屋檐下的燕子巢是空着的，燕子不再来了；住着鸽子的笸子也是空空的，鸽子也不知飞到哪里去了；门前白杨树上的那对喜鹊也飞走了。母亲说，这些鸟儿是跟着人走的，人在的时候，赶也赶不跑，人不在了，它们自己就飞走了。骡子圈本来就是空的，羊圈和猪圈也是空的。

母亲在电话里会问二姨大块地种了什么，门前头地种了什么，沟沿边地种了什么，黑滩地种了什么，打了多少粮食，二茬庄稼回了没有，水够不够浇地；杏树的花受冻了没有，结的杏子多不多，香水梨结得多不多；门前渠边的那排白杨树天牛吃得凶不凶。二姨打下的粮食自然没有父亲和母亲打得多；杏子、梨子没人修剪、管理，团在一起长，个儿太小，味道自然

224

不好；白杨树死了好多，治吃白杨树的天牛，得把浸满农药的棉花团塞到天牛钻入杨树干的圆孔里才能毒死，否则，杨树迟早得让天牛吃死。

有一次在电话里二姨说，门前水渠堵了，连阴的雨天里，汇集在水渠里的雨水溢出来流到了我家院子里，院墙根的出水口也堵了，院子里满满泡着的都是水。厨房山墙上的泥皮被雨水冲掉后，把里面的土坯也冲蚀掉不少。这件事让母亲扯心①了好久，几个晚上都睡不着觉。被雨水冲坏了的厨房山墙，母亲张罗着要修补，可玉兰镇离乌鲁木齐几千里路，哪能只是为修补山墙而专门去一趟呢？

土房子被贼光顾过多次，那贼把所有的柜子都翻了个遍，拿走了太太留给我家的几枚银圆和父亲的集邮册，父亲年轻时花了好几个月工资买的那块上海牌手表却没有被拿走，留在衣柜里。那贼，晚上还在我家的土房子里住过。

母亲得知后，难过了好几天。

我知道父亲和母亲打心里是想要回到玉兰镇，回到玉兰镇的土房子里。

我劝母亲说，土房子是个孵出了鸡娃儿的蛋壳，它该是没用了的。

母亲听了有些生气，说道："自打土地下放后，我的家要啥有啥：那些田地，每年犁地、上肥、浇水、锄地，调理得肥

---

① 扯心：当地方言，挂念的意思。

沃多产，打下的粮食每年都吃不完，家畜们吃的草料多得都要送人；每年养两头肥猪，一头卖钱，一头自己杀肉吃，日子比旧社会的地主家还要好；家里的黑骡子是牲口里面再好使唤不过的了，帮着我家每年打那么多的粮食。我和你爸爸这辈子辛辛苦苦盖的那院房子规规整整，正房是正房，厨房是厨房，库房是库房，菜窖是菜窖，家里的人宽宽展展地住着，物件整整齐齐地收拾在库房里。我苦心了一辈子的家当全在那里了！我能不天天想它们吗？"

女儿六岁时，八十八岁的姥爷去世了，父亲和母亲回到枣庄给姥爷戴孝守灵。姥爷的葬礼结束后，父亲和母亲回到玉兰镇，花了几天时间，卖掉了土房子里所有的粮食，有小麦、糜子、谷子、荞麦和胡麻，把库房的那堆煤块也卖掉了。父亲和母亲不打算再回玉兰镇了。父亲和母亲回乌鲁木齐时，带来了太太留给我家的几个老的青花瓷碗和父亲的那块上海牌手表。家里面有个花开富贵的大瓷壶，是当年太爷爷从南昌的三太爷爷那里拿来的，壶把儿碎了，那把壶留在了土房子里。

父亲和母亲回到乌鲁木齐，我去接他们，母亲见我的第一句话是："那个大大的白拉拉①的案板，实在没法带，还在土房子的房梁上架着呢！"

母亲说的案板，是父亲用家里的白杨木做的，一共做了五

---

① 白拉拉：当地方言，洁白之意。

个，大姐、二姐和大妹各拿走了一个，她们三个人离玉兰镇近些。我和小妹离玉兰镇各有千里之遥，带不走的。

四

女儿十岁那年夏天，我出差到省城 A 市。一个夜里，我梦见了太太，我决定着腾出几天时间，回趟玉兰镇给太太、祖父和祖母上坟。

办完公事，我打电话告诉县城的堂哥我要回趟玉兰镇，堂哥说他开车陪我一起去。

去玉兰镇的山路依旧是土路，土路旁的好几处村庄看不到一个人。堂哥告诉我，这类村庄的人已整村搬迁到了国道边的永兴镇。车子经过路庄，路旁的几个小卖部聚着不少人，堂哥说，路庄的人不愿搬迁，他们觉得路庄连着哈思山，雨水足，是个好地方。到了路庄，便是到玉兰镇的辖地了，一路下坡，车子开得很快，不一会儿就路过大东沟和葫芦沟的沟口了，这两个山沟一个在路的左侧，一个在路的右侧。再往前走是小东沟，过了小东沟便是石场，在石场上就可以看到玉兰镇了。

车子经过镇子头的玉兰树，我让堂哥停下车来，下了车静立在树旁：玉兰树没有记忆中那般高大了，但依旧是苍翠浓郁，正是中午时分，反舌鸟群在树冠里休憩，有轻柔的鸟鸣声传出来，像是喃喃私语，又像是梦呓；砖砌的神龛也在，却是很矮小的样子。

眼泉离玉兰树不远，我让堂哥开车先去，自己走着过去。走到眼泉，我俯下身子，双手摁在泉边的石头上，嘴贴着泉水，喝了几口，泉水甘甜依旧，直沁心脾，我想起了黑骡子，想起了它大大的黑眼睛和厚厚的嘴唇。我接着又喝了几口泉水，其寒气渗牙，我把手伸进泉水里，手心手背立即有了冰彻刺骨的感觉，我顺手洗了一把脸，甩了甩手上的水，回到车上。车子继续向前开，前面是腹泉，我没有下车，我看见腹泉旁的麦场上满是晾晒的麦子和枸杞，腹泉前面不远就是张家巷。张家巷的路很窄，车子开不进去，堂哥把车停在路口，我俩走路到了三叔家。三叔和三妈舍不得离开玉兰镇，他们冬天到县城里和堂哥一起住，其余的时间都待在镇子里。夏季正是农忙的时候，我俩在地里找到了摘枸杞的三叔和三妈。堂哥告诉三妈，我今天是来上坟的，上完坟就要返回县城，让三妈准备一下午饭。

　　趁堂哥收拾东西的时间，我去了我家的院子。

　　出了三叔家的大门，我看到半掩在绿树中的我家的院子。院子里的杏树、香水梨树和神不知长得比原来高大得多，只能看到屋顶和小半个门与窗。屋顶上铺了混凝土预制板，是父亲和母亲在我读大学时铺的，原来的屋顶只是铺着混有麦草的草泥。预制板之间的缝该是用砂浆填过的，但已有野草从缝里长出来。木窗与木门已变成了焦黄色，不是记忆中的金黄色。门窗上本是刷了清漆的，这些年早就风化剥落了。原来的篱笆门换成了钢管焊制成的铁门，那是我大学毕业那年父亲找人焊制的。门虚掩着，我一眼就看到了厨房山墙角被雨水冲蚀掉的裸露的土坯，土坯没了棱角，光秃秃的样子。我正要推门进去，堂哥在他家大门口喊我，他已经准备好了上坟的祭品。

我退了出来，和堂哥一起去了凤鸣湾。

凤鸣湾太太的坟院里，坟头上的藤条儿拐杖已经不见了，坟头上长满了和坟院里一样的草，太太的坟头没有记忆中的那么大了，成了一个小土堆，太太已化成黄土了吧！我想起了太太去世时落的春雪和开的杏花……

白雪落九天，

一片片，带记忆穿越星汉，

一眨眼，回到有你从前。

铜的水壶在炉上嘟嘟打转，

我伏在案上哗啦啦拨弄算盘，

而你，坐在炕边，捻着毛线。

我的尺寸长短，你都记在心间。

儿歌浅浅，

喃喃教诲谆谆叨念，

轻轻的吻，

似流萤蹁跹，似繁星点点，

陪伴我梦乡香甜。

暖暖的臂弯，

似炉火温暖，似云衾绵绵，

伴我，一路向前。

杏花盈桑田，

任思念勾勒出山线。

寄不出锦书信笺，

说不尽的情书冷暖。

花好或也月圆，

终是不得人全。

没有回应的想念，无边无际。

和你在一起的每一天，都值得纪念。

等到与你重逢的那一天，

再细数这些年，

对你的思念，

千千万万遍

…………

山里的风吹断了思绪，我点燃了纸钱，给太太上了三炷香，在坟头重重地浇洒了我带来的新疆的烈酒，我和堂哥在太太的供桌前磕了三个头，紧接着去了不远处的祖父和祖母的坟地，祖父和祖母是我在县城读高中时相继去世的，祖母头一年去世，祖父第二年去世，祖父和祖母的坟也都在凤鸣湾。本是要埋到古坟湾的，但祖父生前说过，他和祖母去世后，埋近点，儿孙看他近便些。祖父和祖母的坟地隔得不远，我和堂哥在祖父和祖母的坟地上分别行了祭拜礼。

祖母的坟是最后祭拜的，离开祖母的坟地，我顺路去了小东沟。我要看看黑骡子的坟地。我找到了那处山坡,可那里已经没了黑骡子的坟堆。坟堆早就塌落了,山坡上长满了高高的草,我辨识不出当初埋它的地方。离开小东沟,我径直去了我家的院子,堂哥去了他家。

房子里没有人,院子里晾晒着麦子、胡麻和枸杞,库房门台上放着的我家的小型播种机已经是锈迹斑斑了,流在门台上红褐色的铁水已经干了,蔓延成随意的形状。正房的门没有上锁,我推开屋,屋子里好久没有人住了,里面有股浓浓的土腥味,窗帘没有拉上,屋子里面的光线很足,我看见了炕柜柜门玻璃内侧贴着的那张"我还要"的胖娃娃挂历图。屋子里挂着的"颐和园"的中堂画还在,它是父亲让我在大路口的商店里买的;立在地柜柜台上的穿衣镜还在,它是太太九十岁时,县里给长寿老人的礼物,上面有松树和仙鹤的图案;挂在墙上的两个相框也还在。我取下相框,用手擦去上面的灰尘。相框里的照片还是原来的样子,不像刚才见到的画和穿衣镜满是老旧的颜色。当年我给相框的侧面贴了一层牛皮纸,灰尘进不了相框内。里面有太太拄着拐杖的照片,有祖父和祖母合影的照片,有父亲和母亲的结婚照,还有一张照片,是一张全家福:小妹刚出生不久,照片里母亲抱着她。

我打开电视柜的侧柜,里面是父亲放工具的地方,找到了一把螺丝刀,拧开当初我拧紧在相框后面的螺丝,打开了相框,取下粘在底纸上的所有照片,我又打开另外一个相框,取下里面的照片。书柜里的书有人翻动过,凌乱地堆放着,我找到了一本包着牛皮纸书皮的书，拆下书皮，把照片包起来，正在包照片时，听见身后有人跟我说话："你是茂平吧，娃娃，你啥时候回来的？"

我惊了一下，回头看见了一位老妇人，我一眼就认出她是我家的邻居，风水先生刘叔的媳妇刘婶。她路过我家时，看到大门开着，便走进来看看是谁来了。

"刘婶，你好啊，我今天刚到的，我都多少年没见你了！"

"是啊，有快二十年了！"刘婶感叹道。她看见了我打开的相框和正要用牛皮纸包起的照片。

"茂平，怎么？你再不来了吗？"

"我……可能吧！"

我说着话，包好了照片，把它拿在手里。

我不知道刘婶是怎么看出我心思的。

我和刘婶走出了屋子，关好房门，刘婶邀我到她家吃饭，我说我当日还要赶到县城，三妈给我准备了饭菜呢，谢绝了刘婶的好意。

刘婶回家了，她的背有点驼，印象中她不驼背的。

我一个人站在我家的院子里，耳际传来一种幽渺的耳鸣声，像是轻轻的风吹过电线发出的那种"咝——咝——咝"的声响，每次到一个静谧的地方，我总能听到这种声音。十几只麻雀飞过来落在了接入西耳房屋角的两根电线上，我的脑际忽然掠过我过去在我家院落时的几个场景。

我曾不止一次看见飞鸟像这样落在电线上，有时是麻雀，有时是燕子，有时是杜鹃。我曾在院子外陈旧的猪圈里看见过一只巨大的蜘蛛身上爬满了小蜘蛛。初秋一个月明星稀的夜晚，我在西耳房里酣睡，曾被一种嘈杂的声音吵醒，惊讶地发现许多老鼠排成一串从窗玻璃上迅速爬上来，又迅速落下去，像抛物线。

我走出院子，掩好院门，右拐沿张家巷到了三叔家里，三妈做好了饭正等着我。吃饭期间，三叔感慨，玉兰镇的人没以前那么多了。之前玉兰镇的年轻人都去王家山煤矿挖煤，如今，私人和镇子里的煤矿都关闭了，玉兰镇的年轻人几乎都到城里搞基建了，挣上钱的，基本都在县城买房，搬到县城里住；镇子上好多孩子都去县城读书，连小学生也不例外，留在玉兰镇的孩子越来越少；镇子上的耕作基本全靠手扶拖拉机，牲口也越来越少，土地下放时三叔家分到的是一头毛驴，那头毛驴老了卖掉后又买了一头小驴，如宠物般养着，后来养着实在没什么用，又卖掉了。

吃完饭，堂哥开车往县城里赶，车子走到路庄时，我发现照片没有带，落在三叔家里了。堂哥开车返回玉兰镇，我到三叔家拿回了照片。回到县城，已是深夜，我住在了堂哥家里。

第二天一早，告别堂哥一家，我乘一趟途经 B 县开往 C 市的长途汽车去 B 县的二姐家。汽车到了 B 县，我下车刚走了一会儿，忽然觉得有什么东西丢了，仔细回想，发现照片落在长途汽车上：我在车上翻看过照片，包好后放在了车座上，下车时忘记拿了。我拦住一辆的士，告诉司机让他追赶那趟开往 C 市的长途汽车，所幸的是司机知道那趟车的行驶路线，十几分钟后，我发现了那辆在路边揽客的长途汽车，我下了的士，冲上班车，找回了照片。

在二姐家，二姐从我带去的照片里选了几张留在了她那里。

当天下午，我坐车返回到省城 A 市的大姐家里，晚上，大姐从剩下的照片里也选了几张留在了她那里。

第三天，我乘机返回乌鲁木齐，飞机上的乘客不多，机舱靠后的几排座没有人坐，我坐到了后排的空座上。坐定后，我又拿出照片翻着看，突然，我泪如雨下，我合起双手，捂着脸颊，任凭泪水长流。

尾 声

玉兰镇上，有我家的土房子。

我们一家子住在土房子的时候，土房子和土房子的院子里住得满满当当，大家是聚在一起的——人、家畜、飞禽和草木结着伴儿在一起。后来，这些聚着的伴儿走的走，散的散，只剩下几棵树还陪着土房子，只剩下凤鸣湾里太太、祖父和祖母的坟远远地望着它。我把土房子里的老照片拿走后，土房子一下子就变成了一个空壳。

或许，用不了多久，土房子会变成别人家的房子，别人会把它拆掉重新建起新房子，我不知道，围着新房子是否还会有山里的鸽子，北归的燕子，墙缝里的麻雀和白杨树上的喜鹊飞回来，是否会有渡食的斑鸠和杜鹃停在香水梨树上；或许，有人会把它彻底平掉，让它变成耕地，恢复到它本初的样子；再或许，有那么一天，它会变得和索桥边上的"庄庄圈子"一样，房子和院墙在流年里倒塌，消失，只留下淹没在土里的"石根"。

我在玉兰镇上学的时候，玉兰学校和玉兰中学塞满了学生，我离开玉兰镇后，留在两所学校的学生和老师越来越少，他们大都去了县城的学校。

　　玉兰镇在有我家的土房子之前，她已经存在很多很多年了，只要周边的哈思山是绿的，只要那棵玉兰树还长在镇子头上，只要三处泉水在流淌，在我今生的记忆尽头，它一定是存在的，很多很多的玉兰人要依赖她活下去。以后的日子里，有人继续会离开玉兰镇，也会有人留在玉兰镇。

　　而玉兰镇上，是我童年睡过的地方，也是牧放过我心灵的地方，我忘记不了，所以就写了出来。

后　记

2017 年 12 月 6 日，我生日那天的夜里突然记起一件事：读初一时，我把一粒电子表中用旧了的纽扣电池放在燃烧的煤球上烤，试图烧熔电池上壳和下壳接合部的塑料圈，想顺利地拆开电池看个究竟。我紧盯着煤球上电池的那圈塑料环看，不料电池爆炸了，炙热的煤粉炸伤了我的眼睛。治疗所用的眼药水每次滴进眼睛里，烧灼般地痛，痛苦至极。母亲让我仰卧在她的怀里，我的脸朝着母亲的脸。母亲用手轻轻拨开我的眼睑，用舌尖舔我的眼睛，那痛便很快消失了……曾经有好长一段时间，我的眼睛每每遇风总会流泪，母亲没让我再用药，坚持舔我的眼睛。母亲说，这是个古老的法子，姥姥告诉过她。不知是古老的法子管用，还是我的心理作用，帮助了我的眼睛恢复，没有留下任何残疾。

　　我突然想写些文字献给母亲，这种情绪一直在心头酝酿，直到 2017 年 12 月 28 日夜，我决定动笔写《玉兰镇上》，五个月后的 2018 年 5 月 25 日，我完成了初稿。

　　在这五个月的时间里，除去个别的周末时间，我白天的时间都被公司的事务占去了，我的写作时间大多是在夜里。

自从我十五岁离开故乡去外地求学、谋生，就再也没有完整地在故乡待过整年的时光。而关于故乡的人和事，我的记忆却是明晰的，在记录发生在故乡的大多数的故事时，行笔基本是流畅的。在这期间，花费时间最多的是文中关于挖煤的章节，挖煤的描写整整花掉了我一个多月的时间：一是挖煤生活非我亲身所经历，无法自如地记录；二是始终没有明晰的情绪，不知该以怎样的感情基调去看待挖煤的苦难。对于挖煤的过程，父亲给我讲述了很多次，但在写的过程中我却经常受阻，被很多细节卡住，我边询问父亲，边根据父亲的讲述记录，写完后让父亲修改，反复了五六遍。在多次的修改后，我基本理清了挖煤的详情，而在那一刻，我却陷入了一种空荡荡的悲怆中，不知该倾入何种情感去写。我沉静下来后，反复写了好几遍，终于在写的过程中找到了自认为合适的情感基调：苦难不容轻视，只能以悲悯的格调真实记录。

在完成初稿后，我突然悟道：做一件事情，只要开始了，就有种神秘的外力和暗示在有意地给我凑着劲儿。母亲对人对事的态度像是专门朝着我的行文心绪而来：凭爱去容忍，凭爱去思索，凭爱去温暖，凭爱去光明，越是在不愿意爱的时候，越是要凭灵性良心忘掉自我，淡淡地、逐渐暖暖地去爱。关于磨坊、碾坊和油坊的构造和工作原理，我尽可能写得详细，它们凝聚着玉兰人的智慧，照料过一代又一代的玉兰人，它们护佑过玉兰人，而现在的我只能凭记忆尽心描摹它们过去的印象。这其中，很多细节我并不清楚，全靠父亲和母亲给我详细还原。文中关于张雷的记叙，很多内容我本是不了解的，2018年5月14日，先生96岁无疾而终，2018年5月18日我得到了先生的生平材料，这让我对先生的叙述有了它本来的样子。2018年5月24日晚，堂妹给我发了一张咧开大嘴狂笑的动漫狮子图片，建议让我把微信头像换掉，第二天上午我就把头像换了，晚上便完成了初稿，那个狮子在暗示我，该稍作欣喜了。

《玉兰镇上》的"玉兰"二字，是母亲的名儿，本意是写给母亲的，末了才发现，里面满满地伴着父亲的影子。

人，莫忘过去，因为过去孕育了现在；莫失现在，因为现在来自过去。在过去的时光里，父亲和母亲背负着我艰难地走过，现在的我必须依凭灵性与良知，守住时光，以我自己的方式！

张振钛

2018 年 9 月 10 日